小丁
巴金

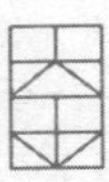

巴金经典主题系列

散文

巴金 著
李辉 编

风雨故人

中国青年出版社

（京）新登字083号

图书在版编目（CIP）数据

风雨故人 / 巴金著；李辉编. —北京：中国青年出版社，2016.7
（巴金经典主题系列）
ISBN 978-7-5153-4400-3

Ⅰ.①风… Ⅱ.①巴… ②李… Ⅲ.①散文集—中国—现代 Ⅳ.①I266

中国版本图书馆 CIP 数据核字（2016）第 174867 号

扉页巴金肖像：丁聪 绘
特别鸣谢：巴金故居

责任编辑：万玉云
书籍设计：瞿中华

出版发行：中国青年出版社
社　　址：北京东四十二条21号
邮政编码：100708
网　　址：www.cyp.com.cn
营 销 部：010-57350364
媒体运营：010-57350395
编 辑 部：010-57350401
雄狮书店：010-57350370
印　　刷：鸿博昊天科技有限公司
经　　销：新华书店
规　　格：880×1230　1/32
印　　张：7.875
字　　数：200千字
版　　次：2016年10月北京第1版
印　　次：2016年10月北京第1次印刷
印　　数：1-5000
定　　价：28.00元

本图书如有印装质量问题，请凭购书发票与质检部联系调换
联系电话：（010）57350337

青春是美好的

——“巴金经典主题系列”总序

李辉

算算日子，一九七八年岁末我与陈思和兄商量一起开始研究巴金，竟然已有三十八年。时间快得真是让人难以置信！当年不到三十岁的我们，如今已进入花甲。青春不再！

可是，青春怎么可能离我们远去呢？

“青春是美好的！”这是巴金在一次演讲中说的话，这也是他的作品沛然而至的青春气息。应该感谢巴金的作品。读巴金作品，总是强烈感受到他的青春活力。即便人在晚年，他仍以难以想象的方式，又一次成为“五四时代”的那个青年巴金。“文革”浩劫之后，在八十年代历史场景里，一位八旬老人发出一次又一次的青春呐喊。颤巍巍的他，坐在轮椅上的他，没有让读者感到他的衰微与苍老。相反，他在《随想录》里的历史反思，他对社会的敏感与关注，他对现实问题的干预与介入，总是让人感到锐气、胆识与坚韧，甚至有深刻的苍凉。这一切，因为在他的心中，漫溢着青春生机。

晚年巴金，以他的笔，再一次拥抱青春！

谁说衰老就一定意味着精神活力枯竭？

编者李辉采访巴金时的留影

三十八年时光流逝，年届六旬的我，并不觉得青春已经远去。一个人，因青春而充满活力，因青春而不会与年轻人存在代沟，因青春而拥有透明，拥有真诚。

青春是美好的！

美好不是因为年轻，美好在于生命的蓬勃生机，在于虽然衰老却如同年轻人一样勇敢面对现实，以勇气、坚韧、坦诚，写下心中最想表达的思想、情绪。巴金一直说“把心交给读者”。与读者同在的人，永远年轻！

去年秋天，万玉云姑娘前来约稿。聊得开心。我说，何不编辑一套巴金作品主题系列，由她所在的中国青年出版社推出。一位总是把心交给读者、从未衰老的巴金，应该以不同方式走近一代又一代的年轻读者，相信他们会从这些作品中，感受到他们或许缺少的另一种青春活力。很高兴，这一想法很快得到落实。这套书确定为“巴金经典主题系列”，并得到小林大姐的全力支持。

“巴金经典主题系列”分为六种。

1.《风雨故人》

巴金散文写作中，故人往事与追思，占据相当大的篇幅，从鲁迅、沈从文、老舍、胡风、赵丹、曹禺等文坛同仁，到二叔、大哥、萧珊等亲友。特从中挑选若干，按照所写人物的出生年月排序，好处在于可以有相对清晰的历史脉络。巴金笔下的这些人物，或伟大，或普通，在风风雨雨中走过，是他们的人格与故事，构成二十世纪中国历史的场景。我很喜欢“风雨故人来”五个字，故将“风雨故人”作为书名。历史风雨，潮起潮落，故人的生活细节与精神状态，写作时的纷繁心绪，读者的情感呼应，尽在风雨之中。

2.《短章》

我一直觉得巴金的散文短章，没有得到应有的重视。其实，一九二七年离开上海前往法国留学途中，在轮船上写的游记，如《海上的日出》等，巴金已经证明自己擅长写千字左右的短章。《醉》、《生》、《梦》、《死》、《醒》、《日》、《月》、《星》、《辰》、《风》、《云》、《雷》、《电》，诸多短章，是巴金对生命的感悟，对自然界的瞬间捕捉，文字优美而清新，可谓精粹之作。这类短章，包括短小精美的序跋，特别适合中、小学生和年轻人阅读。微信阅读时代，这些短章，更适合以新的形式予以传播。

3.《说真话》

晚年巴金痛定思痛，深刻反省与解剖自己，对多年来的人云亦云为之汗颜。他在《随想录》中，反复强调“独立思考”，执着地呼吁“说真话”。九十年代初，曾有人批评巴金“真话不代表真理”，也还有人认为“说真话只是小学生一二年级水平”。来自不同方面的指责，其实都回避了“说真话”对于一个正常社会的应有之义。选择《说真话》为书名，其实也是为了突出真实、真诚在我们心中应该占有的重要位置。同时，特地选择一组文章列入“把心交给读者”。早年巴金喜欢与读者交心，他所写的《我的呼号》、《给一个中学青年》等，倾诉苦闷、忧郁、创作心绪……晚年巴金呼吁“说真话”，其实是与过去的一种衔接，只不过因为历史沧桑感的增加，而更加具有沉甸甸的现实力量。

4.《海的梦》

这是一本童话集，由两部分组成。第一部分为巴金创作的一组童话，第二部分是巴金翻译的王尔德童话。巴金喜欢童话，他写《长生塔》、《隐身珠》、《能言树》等，假借童话，写在现实世界里无法实现的梦想。巴金童话的偏于成人化，现实性、政治诉求更为强烈，巴金选择王尔德童话翻译，其实也体现他的这种标准。他写道："我喜欢王尔德的童话，喜欢他那对不合理的社会制度的严正控诉，对贫苦人的深刻同情和在作品中表现出来的崇高灵魂。"巴金翻译的王尔德童话，堪为译文精品。

5.《爱的十字架》

因《灭亡》、"爱情三部曲"轰动一时的缘故，走上文坛之初的巴金，在青年读者心目中一直被视为擅长写爱情的作家。《爱情三部曲》等小说中的爱情，总是与社会革命相关。爱情是载体，指向是革命，陷入爱情中的青年人，情感令其困扰，他们在挣扎中而不得不放弃爱情。其实，巴金的一些短篇小说，《初恋》、《丁香花下》、《哑了的三角琴》、《天鹅之歌》、《爱的十字架》……受西方爱情小说影响，择选生活片段，以忧郁和淡淡的哀伤叙述中外年轻人的爱情经历。三十年代初，在翻译世界语作家巴基的《秋天里的春天》小说之后，巴金在泉州听到一对青年男女的爱情悲剧，遂以《春天里的秋天》为题，创作这一中篇小说，语言的敏感与哀伤，恰与主人公的爱情遭际相吻合，这也是我非常喜欢的一部小说。

6.《憩园》

从《家》开始，巴金对家庭题材的成功描写，奠定其在现代文学史上的重要地位。随着时间推移，十几年后，巴金在《憩园》和《寒夜》中，对家庭的看法有了新的变化。"家庭"这个概念，在巴金早期作品中是黑暗的象征物，专制的具体化，与青年所走的道路处于完全对立状态。其实，如果细细阅读巴金对童年生活的回忆，乃至对大哥等亲人的叙述，可以明显看出，巴金内心里未必对家庭完全抱有敌意。年轻的他对家庭形式的抨击，对高家大院种种不肖子孙的声讨和谴责，也许正包含了他对这种家庭形式的本能关怀。实际上，即便在《家》中，他也没有对于家庭的瓦解完全冷漠。相反，他一直赞美母爱，赞扬兄妹、兄弟、父女之间的平等友爱的关系。另外，他对挥霍祖产，倒卖家宅的行径，始终充满鄙视和反感。正因为这种对家庭的矛盾感情，才使他在《家》中能够动人地写出高老太爷弥留之际的感人场面。这种对家庭的关注，在《憩园》和《寒夜》里有了进一步发展。巴金有意识改变以前那种绝对的感情方式，不再单纯以"憎"作为爱的对立形式来表示心中的痛苦。相反，他表现对人类深刻的理解与同情，对家庭形式也是如此。《憩园》中的杨家小孩，不再是觉慧那样的家庭叛逆，而是家庭伦理关系的热心维护者。但杨家小孩与觉新也有所不同，觉新是容忍旧家庭的罪恶，杨家小孩面临的不是毁坏，而是建设。在他身上，可以说倾注了巴金对平等、宽厚、友爱的新型家庭伦理关系的理想境界。后来生活的巴金正是如此。夫妻之间，儿女之间，兄弟姐妹之间，和睦相处，从未听说有过彼此矛盾。他以建设性的姿态，拥有了所期待的理想的家。巴金曾经说过，《憩园》可以看作《冬》，也就是说，我们可以把《憩园》是《家》、《春》、《秋》的自然衔接和发展，是另外一个层面上的延伸。《憩园》之后巴金创作《寒夜》，小说中汪文宣一家婆媳充满不和与猜疑，但是巴金不再如以往那样谴责家长的保守落后，而是以悲天悯人的态度，叹息人与人之间缺乏了解，最终他为这个家庭的破裂而感叹。这种留恋和哀婉，这种对理想家庭的向往，才使得《憩园》与《寒夜》不是单一的控诉，而是更有人情味的描述。《憩园》作为“巴金经典主题系列”的最后一种，在我看来，可以说是最好的压轴之作。

故人，短章，说真话，童话，爱情，家庭。

六个主题，涵盖一个人的一生，也与我们每个人都密切相关。且让我们静下心，阅读巴金作品，感悟生命，永远拥抱青春!

“青春是美好的！”巴金如是说。

二〇一六年七月十五日　北京

目录

鲁迅先生就是这样一个人[1]

二十年前一个秋天的夜里，我站在上海万国殡仪馆礼堂中鲁迅先生的灵前。半截玻璃棺盖下面现出他那消瘦的、慈祥的面颜，包着铜皮的棺木的四周都是芳香沁鼻的鲜花，他仿佛酣睡在万花中间。我默默地望着他紧闭的眼睛和紧闭的嘴唇，想着他对青年的热爱，对人民的关怀，对未来中国的期望，我的心非常激动，我不相信他会死，我甚至疑心我是在做梦，我对自己说：他会活起来。

今天我还清清楚楚地记得那个情景。我仍然有这样的一种感觉：他没有死。他会活起来。的确，他怎么会死呢？二十年来，我每次想到他，我就感觉到他那强烈的爱，我就看到他那亲切的笑容，他给了我多少的勇气，给了我多少的温暖！他那抽着烟含笑谈话的姿态永远不会在我的眼前消失。

我不是鲁迅先生的朋友，我只是他的读者和学生。我很早就爱读他的小说，还带着他的作品走过好些地方。可是只有在他的最后三四年中间我才有机会跟他见面，而且我只有在他逝世的那天到过他的家。说来奇怪，我们见面的地方大都是上海的饭馆或旅馆。那个时候

---

1 为尊重原作起见，本书中巴金原有的用词方式及民国年间的语言习惯未改动。本文写于一九五六年七月，上海。

临时到租界上的大旅馆开一个房间，吩咐餐厅把酒菜送到楼上房间来,吃饭谈话都比较方便,杂志社有事情商谈,也喜欢到南京饭店或者新亚酒店开房间。

我第一次看见鲁迅先生是在文学社的宴会上，那天到的客人不多,除鲁迅先生外,还有茅盾先生和叶圣陶先生几位。茅盾先生我以前也不曾见过。我记得那天我正在跟茅盾先生谈话,忽然饭馆小房间的门帘一动,鲁迅先生进来了:瘦小的身材,浓黑的唇髭和眉毛……可是比我在照片上看见的面貌更和善,更慈祥。这天他谈话最多,而且谈得很亲切,很自然,一点也不噜苏,而且句子短,又很有风趣。他从《文学》杂志的内容一直谈到帮闲文人的丑态,和国民党的愚蠢而丑恶的宣传方法。自然席上并不是他一个人讲话,关于每个题目,别的人也发表意见,不过大家都高兴听他的议论。后来谈到了林语堂,他说他曾经写信给林,劝林翻译点英国古典文学作品,林很不高兴,回信说等到自己老了,再做这种事情。鲁迅先生觉得林语堂写那种《论语》[1]式的文章实在无聊,他诚恳地劝他搞一点比较有用的工作。……

这个晚上我不知道看见多少次他的笑容。我离开他的时候才注意到时间过得太快了。他给我的印象一直保留到现在:这位“有笔如刀”的大作家竟然是一个多么善良、多么平易、多么容易接近的瘦小的老人。我觉得我更贴近地挨到他那颗善良的心了。以后我还在同样性质的宴会上看见他一两次:话说得少一点,但笑容还是有的,人还是那么朴素,那么亲切,好像他装了满肚皮的好心好意,准备随时把自己的一切分给接近他的人一样。只有那对明亮的眼睛有时候会射

---

1 《论语》是林语堂当时在上海编辑的幽默小品的刊物。

出仿佛要看透人心的光芒。

一九三四年我去日本之前，十月初文学社的几个朋友给我饯行，在南京饭店订了一个房间，菜是由餐厅送上来的。鲁迅先生那天也来了。他好像很高兴。他对我谈了些日本的风俗人情，也讲了一两个中国留学生在日本由于语言不通闹的笑话。我听人说过他要去日本休养，问他为什么不去。他笑笑，说："将来再说吧。"他后来对我说，到了那边，文章也得多写。我很感谢他的鼓励。饭后大家在房里闲谈，他谈起他的几个熟人被捕后的情形，好像也谈到适夷同志在南京的消息，他现出很关心的样子。谈到国民党特务活动的时候，他的眼里射出来愤怒的光。

第二年秋天我从日本回来，有一天《译文丛书》的编委会在南京饭店请客，鲁迅先生和景宋先生都来了。他瘦了些，可是精神很好。他因为《译文丛书》和他翻译的《死魂灵》第一部就要在文化生活出版社刊行感到高兴。那时他正在计划翻印 A. 阿庚的《死魂灵百图》，我们谈起果戈理的这部小说，我就说，听说他要写一部关于中国旧社会和旧知识分子的长篇小说，希望他早点动笔。他仰着头，抽了一口烟，想了想，微微笑着说："想做的事很多，总是做不完。"他还想写中国文学史，还想翻译法布尔的《昆虫记》。那个时候我正在计划编辑《文学丛刊》第一集，我对他说："周先生，编一个集子给我吧。"他想了想就点头答应了。过两天他托一个熟人来通知我集子的名字和内容，说是还有三四篇文章没有动笔写，等写好就给我送来。这就是他的最后一个小说集子：历史短篇集《故事新编》。那时《出关》刚写成，他的身体又不大好，我预计他短期内不可能编好这个集子。哪晓得不久书店刊登广告说是《文学丛刊》第一集十六册在旧历年前出齐，鲁迅先生看见广告就着急起来，他对人说，他不愿意耽误书店的出版计划，他得赶写,所以在一个月内就把几个短篇全写好,编好集子送来了。几个月后,我在一个宴会上又向鲁迅先生要稿,我说我希望《文学丛刊》第四集里有他的一本集子,他很爽快地答应了。过了些时候,他要人带了口信来,告诉我集子的名字:散文集《夜记》。不久他就病了,病好以后他陆续写了些文章。听景宋先生说,他把《半夏小集》、《这也是生活》、《死》、《女吊》四篇文章放在一边,已经在作编《夜记》的准备了,可是病和突然的死打断了他的工作。他在十月十七日下午还去访问过日本朋友鹿地亘,十九日早晨就在大陆新村寓所内逝世了。收在《文学丛刊》第四集中的《夜记》还是景宋先生在鲁迅先生逝世以后代编的一个集子。每次我翻开这两本小书,我就感觉到鲁迅先生对待人的诚恳和热情,对待工作的认真和负责,我仿佛又看到他那颗无所不包而爱憎分明的善良的心。我的心充满了温暖,同时也受到了鞭挞。我常常拿他做人的态度来衡量我自己的行为,我不能不因良心的责备而感到痛苦。

我跟鲁迅先生见面并不止这几次,谈话也不止这一些。可是我当时并不曾一一地记下来,现在也没法在这里重述了。其实关于他的言行,我听见的也不少,朋友们对我讲了许多。对于敌人他从来不妥协不宽恕,即使是跟熟人谈话,倘使话不投机,他也会拂袖而去,然而对于朋友和青年他却善良、亲切、关心到了天真的程度,他纵然上当一次,也并不减少他对新的青年的信任。他的朋友们都知道他那个“义子”的故事,可是他仍然常常花费时间替一些不认识的年轻人做种种事情,看稿、改稿、介绍稿子,甚至出钱替他们刊印作品。例如《奴隶丛书》中《丰收》、《八月的乡村》、《生死场》便是他出钱印的,他还为它们写了介绍性的序文。他做起工作来,事无大小,一样地严肃对待,不论写文章或译书,他选择一个字都不肯马虎。他编印一本书,批格式,看校样,设计封面,也都非常仔细。书印好分送朋友连包扎都要自己动手,而且一点也不苟且。他帮助过不少的人和不少的事业,好些小出版社都曾得过他的无私的帮助。譬如文化生活出版社,要是没有他的帮助,就不会有以后的发展。他把几部稿子交给文化生活出版社刊行,后来出版社每次给他送版税去,他总要推辞几次才肯收下。文化生活出版社答应替他代印代发《死魂灵百图》的时候,他还先拿出七百元的印费让文化生活出版社用来周转。书销完,书店把垫款还给他,他要在知道书店并无困难之后才肯收下款子。难道他跟文化生活出版社有特殊关系?完全没有。他不过是在帮助他认为是好的事业的发展罢了。倘使以后他发觉他的看法错了,他会跟它断绝关系,但是他不在事先提防。就像我在前面说过的那样,他即使上过了许多人的当,他还是充满热情地信任别人。……像这一类的事情在这里是说不完的,而且也没有多说的必要了。

"鲁迅先生的确是一个伟大的人。"我每次看见他,我就忍不住要在心里说这样的活。站在他面前,你觉得你接触到一个光辉的人格,他的光芒照透了你的心,你的一切个人的打算都消失了。你不能不爱他,你不能不爱他的思想,你会因为你是他的朋友、他的同志而感到幸福,你会极力把自己变好来使他高兴……我觉得鲁迅先生就是这样的一个人。我永远不能忘记他。他的笑容对我永远是鼓励,也永远是鞭挞。

秋夜[1]

窗外"荷荷"地下着雨，天空黑得像一盘墨汁，风从窗缝吹进来，写字桌上的台灯像闪眼睛一样忽明忽暗地闪了几下。我刚翻到《野草》的最后一页。我抬起头，就好像看见先生站在面前。

仍旧是矮小的身材，黑色的长袍，浓浓的眉毛，厚厚的上唇须，深透的眼光和慈祥的微笑，右手两根手指夹着一支香烟。他深深地吸一口烟，向空中喷着烟雾。

他在房间踱着，在椅子上坐下来，他抽烟，他看书，他讲话，他俯在他那张书桌上写字，他躺在他那把藤躺椅上休息，他突然发出来爽朗的笑声……

这一切都是那么自然，那么平易近人。而且每一个动作里仿佛都有先生的特殊的东西。你一眼就可以认出他来。

不管窗外天空漆黑，只要他抬起眼睛，整个房间就马上亮起来，他的眼光仿佛会看透你的心，你在他面前想撒谎也不可能。不管院子里暴雨下个不停，只要他一开口，你就觉得他的每个字都很清楚地进到你的心底。他从不教训人，他鼓励你，安慰你，慢慢地使你的眼睛睁

---

1 写于一九五六年九月。

大,牵着你的手徐徐朝前走去,倘使有绊脚石,他会替你踢开。

他一点也没有改变。他还是那么安静,那么恳切,那么热心,那么慈祥。他坐在椅子上,好像从他身上散出来一股一股的热气。我觉得屋子里越来越温暖了。

风在震摇窗户,雨在狂流,屋子里灯光暗淡。可是从先生坐的地方发出来炫目的光。我不转眼地朝那里看。透过黑色长袍我看见一颗燃得通红的心。先生的心一直在燃烧,成了一个鲜红的、透明的、光芒四射的东西。我望着这颗心,我浑身的血都烧起来,我觉得我需要把我身上的热发散出去,我感到一种献身的欲望。这不是第一回了。过去跟先生本人接近,或者翻阅先生著作的时候,我接触到这颗燃烧的心,我常常有这样一种感觉;其实不仅是我,当时许多年轻人都曾从这颗心得到温暖,受到鼓舞,找到勇气,得到启发。

他站起来,走到窗前,发光的心仍然在他的胸膛里燃烧,跟着他到了窗前。我记起了,多少年来这颗心就一直在燃烧,一直在给人们指路。他走到哪里,他的心就在哪里发光,生热。我知道多少年轻人带着创伤向他要求帮助,他细心地治好他们的伤,让他们恢复了精力和勇气,继续走向光明的前途。

“不要离开我们!”我又一次听见了这个要求,这是许多人的声音,尤其是许多年轻人的声音。我听见一声响亮的回答:“我决不离开你们!”这是多年来听惯了的声音。我看见他在窗前,向窗外挥一下手,好像他又在向谁吐出这一句说过多少次的话。

雨住了,风也消逝了。天空不知在什么时候露出一点点灰色。夜很静。连他那颗心“毕毕剥剥”地燃烧的声音也听得见。他拿一只手慢慢地压在胸前,我觉得他的身子似乎微微地在颤动,我听见他激动地、带感情地说:

“忘记我,管自己生活。可是我永远忘不了你们。”

“难道为了你们,我还有什么不可以拿出来的?”

“难道为了你们,我还有过什么顾虑?”

“难道我曾经在真理面前退却?在暴力面前低头?”

“为了追求真理我不是敢说,敢做,敢骂,敢恨,敢爱?”

“我所预言的‘将来的光明’不是已经出现在你们的眼前?”

“那么仍然要记住:为了真理,要敢爱,敢恨,敢说,敢做,敢追求!”

“勇敢地继续向着更大的光明前进!”

静寂的夜被他的声音冲破了。仿佛整个空间都骚动起来。从四面八方送过来响应的声音。声音渐渐地凝结在一起,愈凝愈厚,好像成了一大块实在的东西。不知道从哪里送来了火,它一下子就燃烧起来,愈燃愈亮,于是整个房间,整个夜都亮起来了,就像在白天一样。

那一块东西继续在燃烧,愈烧愈小,终于成了一块像人心一样的东西。它愈燃愈往上升,渐渐地升到了空中,就挂在天空,像一轮初升的红日。

我再看窗前鲁迅先生的身形,它不知道在什么时候不见了。

我连忙跑到窗前。我看出来:像红日那样挂在天空里的就是先生的燃烧的心。我第一眼只看到一颗心。可是我仰起头仔细再看,先生的慈祥的脸庞不是就在那儿?他笑得多么快乐!真是我从未见过的表示衷心愉快的笑脸!

我笑了,我也衷心愉快地笑了。

我知道鲁迅先生并没有死,而且也永不会死!

我回到写字桌前,把《野草》合上,我吃惊地发见那一颗透明的红心也在书上燃烧。

原来我俯在摊开的先生的《野草》上做了一个秋夜的梦。

窗外还有雨声,秋夜的雨滴在芭蕉叶上的声音,滴在檐前石阶上的声音。

可是在先生的书上,我的确看到了他那颗发光的燃烧的心。

巴金瞻仰鲁迅雕像

怀念鲁迅先生[1]

四十五年了，一个声音始终留在我的耳边："忘记我。"声音那样温和，那样恳切，那样熟悉，但它常常又是那样严厉。我不知对自己说了多少次："我决不忘记先生。"可是四十五年中间我究竟记住一些什么事情?!

四十五年前一个秋天的夜晚和一个秋天的清晨，在万国殡仪馆的灵堂里我静静地站在先生灵柩前，透过半截玻璃棺盖，望着先生的慈祥的面颜，紧闭的双眼，浓黑的唇髭，先生好像在安睡。四周都是用鲜花扎的花圈和花篮，没有一点干扰，先生睡在香花丛中。两次我都注视了四五分钟，我的眼睛模糊了，我仿佛看见先生在微笑。我想，要是先生睁开眼睛坐起来又怎么样呢？我多么希望先生活起来啊！

四十五年前的事情仿佛就发生在昨天。不管我忘记还是不忘记，我总觉得先生一直睁着眼睛在望我。

我还记得在乌云盖天的日子，在人兽不分的日子，有人把鲁迅先生奉为神明，有人把他的片语只字当成符咒；他的著作被人断章取义、用来打人，他的名字给新出现的"战友"、"知己"们作为装饰品。在香火烧得很旺、咒语念得很响的时候，我早已被打成"反动权威"，做

1 写于一九八一年七月底。

了先生的“死敌”,连纪念先生的权利也给剥夺了。在作协分会的草地上有一座先生的塑像。我经常在园子里劳动,拔野草,通阴沟。一个窄小的“煤气间”充当我们的“牛棚”,六七名作家挤在一起写“交代”。我有时写不出什么,就放下笔空想。我没有权利拜神,可是我会想到我所接触过的鲁迅先生。在那个秋天的下午我向他告了别。我同七八千群众伴送他到墓地。在暮色苍茫中我看见覆盖着“民族魂”旗子的棺木下沉到墓穴里。在“牛棚”的一个角落,我又看见了他,他并没有改变,还是那样一个和蔼可亲的小小老头子,一个没有派头、没有架子、没有官气的普通人。

我想的还是从前的事情,一些很小、很小的事情。

我当时不过是一个青年作家。我第一次编辑一套《文学丛刊》,见到先生向他约稿,他一口答应,过两天就叫人带来口信,让我把他正在写作的短篇集《故事新编》收进去。《丛刊》第一集编成,出版社刊登广告介绍内容,最后附带一句:全书在春节前出齐。先生很快地把稿子送来了,他对人说:他们要赶时间,我不能耽误他们(大意)。其实那只是草写广告的人的一句空话,连我也不曾注意到。这说明先生对任何工作都很认真负责。我不能不想到自己工作的草率和粗心,我下决心要向先生学习,才发见不论是看一份校样,包封一本书刊,校阅一部文稿,编印一本画册,事无大小,不管是自己的事或者别人的事,先生一律认真对待,真正做到一丝不苟。他印书送人,自己设计封面,自己包封投邮,每一个过程都有他的心血。我暗中向他学习,越学越是觉得难学。我通过几位朋友,更加了解先生的一些情况,了解越多我对先生的敬爱越深。我的思想、我的态度也在逐渐变化。我感觉到所谓潜移默化的力量了。

我开始写作的时候,拿起笔并不感到它有多么重,我写只是为了倾吐个人的爱憎。可是走上这个工作岗位,我才逐渐明白:用笔作战不是简单的事情。鲁迅先生给我树立了一个榜样。我仰慕高尔基的英雄“勇士丹柯”,他掏出燃烧的心,给人们带路,我把这幅图画作为写作的最高境界,这也是从先生那里得到启发的。我勉励自己讲真话,卢骚[1]是我的第一个老师,但是几十年中间用自己的燃烧的心给我照亮道路的还是鲁迅先生。我看得很清楚:在他,写作和生活是一致的,作家和人是一致的,人品和文品是分不开的。他写的全是讲真话的书。他一生探索真理,追求进步。他勇于解剖社会,更勇于解剖自己;他不怕承认错误,更不怕改正错误。他的每篇文章都经得住时间的考验,他的确是把心交给读者的。我第一次看见他,并不感觉到拘束,他的眼光。他的微笑都叫我放心。人们说他的笔像刀一样锋利,但是他对年轻人却怀着无限的好心。一位朋友在先生指导下编辑一份刊物,有一个时期遇到了困难,先生对他说:“看见你瘦下去,我很难过。”先生介绍青年作者的稿件,拿出自己的稿费印刷年轻作家的作品。先生长期生活在年轻人中间,同年轻人一起工作,一起战斗,分清是非,分清敌友。先生爱护青年,但是从不迁就青年。先生始终爱憎分明,接触到原则性的问题,他决不妥协。有些人同他接近,后来又离开了他;一些“朋友”或“学生”,变成了他的仇敌。但是他始终不停脚步地向着真理前进。

“忘记我!”这个熟悉的声音又在我的耳边响起来,它有时温和有时严厉。我又想起四十五年前的那个夜晚和那个清晨,还有自己说了多少遍的表示决心的一句话。说是“决不忘记”,事实上我早已忘得干干净净了。但在静寂的灵堂上对着先生的遗体表示的决心却是抹不

---

1 即卢梭。

掉的。我有时感觉到声音温和,仿佛自己受到了鼓励;我有时又感觉到声音严厉,那就是我借用先生的解剖刀来解剖自己的灵魂了。

二十五年前在上海迁葬先生的时候,我做过一个秋夜的梦,梦景至今十分鲜明。我看见先生的燃烧的心,我听见火热的语言:为了真理,敢爱,敢恨,敢说,敢做,敢追求……但是当先生的言论被利用、形象被歪曲、纪念被垄断的时候,我有没有站出来讲过一句话?当姚文元挥舞棍子的时候,我给关在“牛棚”里除了唯唯诺诺之外,敢于做过什么事情?

十年浩劫中我给“造反派”当成“牛”,自己也以“牛”自居。在“牛棚”里写“检查”、写“交代”混日子已经成为习惯,心安理得。只有近两年来咬紧牙关解剖自己的时候,我才想起先生也曾将自己比作“牛”。但先生“吃的是草,挤出来的是奶和血”。这是多么优美的心灵,多么广大的胸怀!我呢,十年中间我不过是一条含着眼泪等人宰割的“牛”。但即使是任人宰割的牛吧,只要能挣断绳索,它也会突然跑起来的。

“忘记我!”经过四十五年的风风雨雨,我又回到了万国殡仪馆的灵堂。虽然胶州路上殡仪馆已经不存在,但玻璃棺盖下面慈祥的面颜还很鲜明地现在我的眼前,印在我的心上。正因为我又记起先生,我才有勇气活下去。正因为我过去忘记了先生,我才遭遇了那些年的种种的不幸。我会牢牢记住这个教训。

若干年来我听见人们在议论:假如鲁迅先生还活着……当然我们都希望先生活起来。每个人都希望先生成为他心目中的那样。但是先生始终是先生。

为了真理,敢爱,敢恨,敢说,敢做,敢追求……

如果先生活着,他绝不会放下他的“金不换”。他是一位作家,一位人民所爱戴的伟大的作家。

怀念二叔[1]

近几年我常为自己的《全集》写后记，一年中写三四篇《代跋》，要解释旧作，我有时谈到成都的老家。今年夏天我虽然写得少些，但是我做过一个愉快的梦，在一间有纱窗的木板壁漆成绿色的书房里，我和三哥李尧林站在书桌前听二叔讲书。"必讼！"二叔忽然拍着书桌大声说，"说得好！"

我吃了一惊。在八九年大病之后我总是睡不安稳，也少做梦，就是进入梦境，也恍恍惚惚，脑子并不清楚。这一次却不同，我明明感觉到舒适的夏夜凉风。醒在床上，我还听见二叔的声音，他讲书时常常挂在嘴上的一句话："必讼！"我很激动，一两个小时不能阖眼，我在回忆那些难忘的事情。

对二叔李华封我了解不多，他平日很少同我和三哥交谈，也不常对我们训话，我们见到他打个招呼，他温和地答应一声。他的住房在后面一进，旁边便是大厨房，前几年我没有进学堂而在私塾中又相当自由的时候，午饭前常常溜到大厨房里看谢厨子烧菜，很少听见二叔房里骂人或吵架的声音。人们说他的脾气不坏。

1　写于一九九一年十一月十五日。

巴金二叔李华封

我只知道二叔是本城一位挂牌的大律师，年轻时候在日本东京学过法律，他在成都也有点名气，事务所就设在我们公馆里，三叔是他的助手，另外还有一个年轻的书记员，我和郑书记员熟悉了，晚上没有事就去找他下象棋。郑书记员有一回向我称赞二叔法庭辩护很精彩，他甚至安排我同他一起去法庭旁听。我们的确去了，可是本案审讯临时改期，我以后也没有再去。

我没有听见二叔谈日本的事情，只知道他有一个笔名(也就是室名)叫箱根室主人。他活着的时候我说不出箱根是什么地方。一九六一年我访问日本到了箱根，不由得想起亡故多年的二叔，好像一下子我们的距离缩短了。我当初为什么没有想到他在那个时候就喜欢箱根，我一直以为他是守旧派，甚至把他写成《激流》中的高克明。在小说里我还写了淑贞的缠脚。但我堂妹的脚不久就得到了解放，在我们老家找不到一个老顽固了。

说到二叔，我忘不了的一件事，就是他做过我和三哥的语文老师，在我们离家前两年给我们讲解过《春秋·左传》。每天晚上我们到他的书房，讲解告一个段落，我们便告辞回屋。他给我们讲书，因为他对《春秋·左传》有兴趣、有研究。此外还有一个原因：他太寂寞，三个儿子都病死了。他可能把希望寄托在三哥和我的身上。

我常说自己是一个充满矛盾的人，我看不少人都是这样。我在二叔身上也看到矛盾，我对他平日总是敬而远之，并无恶感，但也不亲近。我还记得一件事情：编辑《平民之声》旬刊的时候，我常常把刚刚印好的刊物放在家里，就放在我和三哥住房对面的空屋里。有一天我进屋去拿新送来的报纸，门开着，二叔走过门前便进房来，拿起一张报纸看了看，上面有我介绍"托尔斯泰的生平与学说"的长篇连载，最后还有报社的地址：成都双眼井二十一号李芾甘。他不满意地看了我一眼,好像要说话,却什么也没有讲就放下报纸走出去了。我以为他会对大哥提起这件事训我一顿，后来才知道他只是要大哥劝我在外面活动时多加小心。这些话我当时听不进去,以后回想起来才明白这是他的好意。我和三哥出川念书,也得到他的鼓励和帮助。

我想起年轻时候读过一部《说部丛书》,这是当时商务印书馆出版的翻译小说,有文言,有白话,全用四号字排印,一共三集,每集一百种。这些书打开了我的眼界,使我关在家里也看到外面世界,接触各种生活,理解各样人物。我觉得它们好像给我准备了条件,让我张开双臂去迎接新的思想,迎接新的文化运动。书都是大哥从二叔那里借来的,为了这个我常常想起二叔。“文革”结束,我得到真正的解放后在旧书店买到一部这样的《丛书》,还有未出齐的第四集。我的许多书都捐赠出去了,这套丛书我留着,作为感激的纪念,不仅是对二叔,而且也对大哥,对别的许多人,我从他们那里吸收了各种养料。没有从他们那里得来的点点滴滴,就没有今天的我。

我继续回忆,继续思念,好像用一把锄头慢慢地挖,仿佛用一支画笔慢慢地描,二叔在我眼前复活了,两眼闪光,兴奋地说:“说得好,必讼!”他又在讲解《左传》,又在称赞《聊斋》的“春秋笔法”。他向我们介绍蒲松龄的好些作品,给我印象最深的就是那篇告倒冥王的《席方平》。席方平替父申冤备受酷刑,他不怕痛苦坚持上告,一级一级地上控,却始终得不到公道。冥王问他还敢不敢再告状?他答说:“必讼!”酷刑之后再问,他还是:“必讼!”响当当的两个字真有斩钉截铁的力量。但是他吃尽了苦头,最后一次就回答冥王:“不讼了。”他真的不再告状吗?不,他讲了假话,只是为了保护自己,事实上他坚持到底,终于把贪赃枉法的冥王和官吏拉了下来。

我记起来了，二叔说过类似这样的话:“席方平他讲真话受到严刑拷打，讲假话倒放掉了。然而他还是要讲真话。他就是有骨气！写文章要有骨气！”原来二叔也是教我讲真话的一位老师。

怎样写文章，我本来一窍不通，听惯了二叔的讲解分析，我感到一点兴趣，有时也照他的办法分析读过的文章，似乎有较深的理解，懂得一点把文字当作武器使用的奥妙。以后我需要倾吐感情、发泄爱憎的时候，我寂寞、痛苦、愤怒或悲伤的时候，我就拿起笔疯狂地写着，深夜我在自己房里听见大哥一个人坐进在大厅上的轿子、打碎窗玻璃的时候，我不能控制自己，便在练习簿上写下一些不成篇的长诗。后来我在法国沙多—吉里读到报道两个意大利工人遭受电刑的时候，我写出小说《灭亡》中一些重要的章节。我写着，自己说仿佛有一根鞭子在我的背上猛抽。我对准痛处用力打击，我的感情仿佛通过我的心、我的手全部灌注在笔下写在纸上，变成了我的呼唤，我的控诉，我的叫号。

最初的年代里我到处跑，只要手中有一支笔我便到处写作。心里想些什么，我就写些什么。我并不苦思苦想，寻找打击要害的有力的字句，我让感情奔放，煽旺心中的火，推动我这支毫无装饰的笔飞越一张一张的稿纸，我没有学会一字诛心的笔法，我走自己的道路。经过几十年的风风雨雨，我终于从荆棘丛中走了出来。

我一再声明，反复解释，我不是文学家，也不懂艺术。有人嫌我啰唆，其实我不过在讲真话。“文革”期间我曾几次被赶出文坛，又偷偷地溜了回来。现在我还不知道是否已在文坛“定居”。但是自己早有思想准备，不会太久了！

接连几个不眠的长夜，我睁着眼睛在思索，在回忆。灰堆里还闪亮着火星。我不是怀念亡故的亲人，难道是在为自己结账，准备还清欠债？

那么是时候了。

又想到了二叔,关于他许多事情我都记不起来了。我父亲只活了四十四岁。二叔活过了五十,但是他做五十大寿的时候我早已离开成都，现在连他的忌辰也弄不清楚了。我们出川后还同他通过三四封信,“文革”之后只剩下一页无尾的残笺，他的手迹对我还是十分亲近,使我想起他那些勤奋治学的教诲。最近我把六十几年前这一页旧信赠给成都的“慧园”,说明我今天还不曾忘记我的这位老师。

我记不起我搁笔有几年了。写字困难,我便开动脑筋,怀旧的思想在活动,眼前出现一张一张亲切的脸。我的确在为自己结账。我忽然想再翻一下《春秋·左传》。多年不逛书店了,我请友人黄裳替我买来一部有注解的新版本,不厚不薄,一共四册,我拿着翻看,翻过一册又是一册。我忽然停住,低声念了起来:“太史书曰:‘崔杼弑其君。’崔子杀之。其弟嗣书,而死者二人。其弟又书,乃舍之。南史氏闻太史尽死,执简以往,闻既书矣,乃还。”

我不再往后翻看了,我仿佛又站在二叔的写字台前。熟悉的人,熟悉的事。治学有骨气,做人也有骨气。人说真话,史官记实事,第一个死了,第二个站出来,杀了三个,还有第四、第五……两千五百三十九年前的崔杼懂得这个道理,他便没有让“太史尽死”。

崔杼是个聪明人，他当然知道即使不放过一个史官，他也阻止不了“执简以往”的人。二叔知道这个,我也知道这个,他的确是我的老师。

怀念马宗融大哥[1]

罗淑[2]逝世后十一年，她的丈夫马宗融也离开了人世。他是按照回族的习惯，举行公葬仪式，埋在回民公墓的。宗融死于一九四九年四月上旬，正是上海解放的前夕，大家都有不少的事情，没有人拉住我写悼念文章。他的两个孩子住在我们家里，有时我同他们谈过话，静下来我的眼前便会出现那位长兄似的友人的高大身影，我忍受不了这分别，我又不能向他的孩子诉说我的痛苦，为了平静我的感情的波涛，我对自己说："写吧，写下你心里的话，你会觉得好受些。"我过去的怀念文章大都是怀着这种心情写成的。但是这一次我却静不下心来，一直没有写，新的繁忙的工作占去了我的大部分时间，事情多了起来，人就顾不得怀旧了。这样地一拖就是几年，甚至几十年。三十三年了！这中间我常有一种负债的感觉，仿佛欠了"马大哥"一笔债。我想还债，但是越拖下去，我越是缺乏拿笔的勇气，因为时间越久，印象越淡，记忆也越模糊，下笔就不那么容易。尽管欠债的感觉还常来折磨我，我已经决定搁笔不写了。

1 写于一九八二年一月二十九日。

2 即罗世弥。

现在是深夜十一点一刻钟,又是今年第一个寒冷的夜,我坐在书桌前手僵脚冻。四周没有一点声音。我不想动,也不想睡,我愿意就这样地坐下去。但是我的脑子动得厉害,它几十年前前后后来回地跑。我分明听见好些熟人讲话的声音,久别了的亡友在我的眼前一一重现。为什么?为什么?……难道我真的走到了生命的尽头、就要参加他们的行列?难道我真的不能再做任何事情必须撒手而去?不,不!我想起来了。在我不少悼念的文章里都有类似这样的话:我不单是埋葬死者,我也是在埋葬我自己的一部分。我不会在亡友的墓前说假话,我背后已经筑起了一座高坟,为了准备给自己这一生作总结,我在挖这座坟,挖出自己的过去,也挖出了亲友们的遗物。

我又一次看见了马宗融大哥,看见他那非常和蔼的笑容。他说:"你好吗?这些年?"他在我背后的沙发上坐下来,接下去又说:"我们替你担心啊!"多么亲切的声音。我站起来唤一声"马大哥!"我回过头去,眼前只有一屋子的书刊和信件,连沙发上也凌乱地堆着新书和报纸,房里再没有其他的人,我的想象走得太远了。怎么办呢?关在自己的屋子里,对着四壁的旧书,没有炉火,没有暖气,我不能更甚地薄待自己了,索性放松一点,让我的想象自由地奔跑一会儿吧,反正它(或者它们)冲不出这间屋子。于是我拿起笔写出我"拖"了三十多年的怀念。

我第一次看见马大哥,是在一九二九年春夏之际的一个晚上,当时我已熟悉他的名字,在杂志上读过他翻译的法国短篇小说,也听见几个朋友谈到他的为人:他大方好客,爱书如命,脾气大,爱打不平。我意外地在索非家遇见他,交谈了几句话,我们就成了朋友。他约我到离索非家(我也住在那里)不远的上海大戏院去看德国影片《浮士德》。看完电影他又请我喝咖啡。在咖啡店里,他吐露了他心里的秘密：他正在追求一位朋友的妹妹，一个就要在师范学校毕业的姑娘。她哥哥有意成全他们，他却猜不透姑娘的心思，好些时候没有得到成都的消息，一天前她突然来信托他打听在法国工作的哥哥的近况，而且是一封充满希望的信！他无法掩饰他的兴奋，谈起来就没完没了，不给我插嘴的机会。我要告辞，他说还早，拉住我的膀子要我坐下。他谈了又谈，我们一直坐到客人走光，咖啡店准备“打烊”的时候，他似乎还没有把话说尽。我们真可以说是一见如故，关于我他就只读过我翻译的一本《面包略取》[1] 和刚刚在《小说月报》上连载的《灭亡》。

不久听说他回四川去了。我并不盼望他写信来，他是出了名的“写信的懒人”。不过我却在等待好消息，我料想他会得到幸福。等待是不会久的，九月下旬一个傍晚他果然带着那位姑娘到宝光里来了。姑娘相貌端正，举止大方，讲话不多，却常带笑容，她就是七年后的《生人妻》的作者罗淑。分别几月他显得斯文了，客气了，拘束了。他要到里昂中法大学工作，姑娘去法国找寻哥哥，他们明天就上船出发，因此不能在这里多谈。我和朋友索非送他们到门口，我同他握手分别，因为旁边有一位姑娘，我们倒显得生疏了。

我不曾收到一封从法国寄来的信，我也差不多忘记了马大哥。我照常过着我那四海为家的生活，带着一支自来水笔到处跑，跑累了便回到上海休息。一九三四年初我从北平回上海，又见到了马大哥，这次是他们一家人，他和那位姑娘结了婚，生了女儿。我认识了罗淑，在他们夫妇的身边还看见当时只会讲法国话的小姑娘。

一九三五年下半年文化生活出版社成立后，我在上海定居下来。

1　克鲁泡特金著。

那个时候他们夫妇住在拉都路[1]敦和里，我住在狄思威路[2]麦加里，相隔不近，我们却常有机会见面。我和两三个熟人一个月里总要去他们家过几个夜晚，畅谈文学、生活和我们的理想。马大哥为了一家人的生活，正在给中法文化基金委员会翻译一本法文哲学著作，晚上是他工作的时间，他经常煮一壶咖啡拿上三楼，关在那里一直工作到深夜。有时知道我去，他也破例下楼高兴地参加我们的漫谈，谈人谈事，谈过去也谈未来，当然更多地谈现在。海阔天空，东南西北，宇宙苍穹，无所不谈，但是讲的全是心里的话，真可以说大家都掏出了自己的心，也没有人担心会给别人听见出去"打小报告"。我和马大哥一家之间的友谊就是这样一种友谊。

这样的生活一直继续到一九三六年第四季度他们一家离开上海的时候。这中间发生过一件事情。我有一个朋友曾经在厦门工会工作，因电灯公司罢工事件坐过牢，后来又到东北参加"义勇军"活动。有时他来上海找不到我，就到开明书店去看索非。他也是索非的友人，最近一次经过上海他还放了一口箱子在索非家中。这件事我并不知道。一九三五年冬季在上海发生了日本水兵中山秀雄给人杀害的事件，接着日本海军陆战队按户搜查一部分虹口区的中国居民。索非的住处也在日本势力范围内，他们夫妇非常担心，太太忽然想起了朋友存放的箱子，说是上次朋友开箱时好像露出了"义勇军"的什么公文。于是他们开箱查看，果然箱内除公文外还有一支手枪和一百粒子弹。没有别的办法，我马上带着箱子坐上人力车，从日本海军陆战队

1 今襄阳路。

2 今溧阳路。

布岗警戒下的虹口来到当时的“法租界”。马大哥给我开了门。他们夫妇起初感到突然,还以为我出了什么事。但是我一开口,他们就明白了一切。箱子在他们家楼上一直存放到他们动身去广西的时候。

在旧社会并没有所谓“铁饭碗”。他拿到半年的聘书去桂林,不知道半年后还能不能在广西大学待下去,也只能作短期的打算。他让我搬到敦和里替他们看家，到暑假他们果然践约归来。他们作好了计划:罗淑留在上海生小孩,马大哥继续去桂林教书,过一段时期他们全家搬去,定居桂林。他们把敦和里的房子让给朋友,另外租了地段比较安静的新居。马大哥按预定计划动身,罗淑定期到医院检查,一切似乎进行得顺利。但是一九三七年“八·一三”的枪声打乱了他们的安排,马大哥由湖南改去四川,罗淑带着女儿离开上海去同他会合。第二年二月他们的儿子在成都诞生，可是不到二十天母亲就患产褥热死在医院里面。三月初我从兄弟的来信中知道这个不幸的消息,好像在做梦,我不愿意相信一个美满的家庭会这么容易地给死亡摧毁。我想起几个月中间他们夫妇几次给我寄信发电报催我早回四川,他们关心我在上海的安全。我想起分别前罗淑有一次讲过的话:“这个时候我一定要赶到老马身边，帮助他。他像个大孩子，又像是一团火。”他们结婚后就只有这短时期的分离。她在兵荒马乱中冒着敌机轰炸的危险赶到他面前,没有想到等待她的是死亡,他们重聚的时间竟然这么短。我失去了一位敬爱的朋友,但是我不能不想到罗淑的病逝对马大哥是多么大的一个打击。过去的理想破灭了,计划也成了泡影。《生人妻》的作者留下一大堆残稿,善良而能干的妻子留下一个待教育的女孩和一个吃奶的婴儿，对于过惯书斋生活的马大哥我真不敢想象他的悲痛。我写了信去。信不会有多大用处。谁能扑灭那一团火呢?

不久我离开上海去广州，在轰炸中过日子，也在轰炸中跑了不少地方。两年多以后我到了重庆，在沙坪坝住下来。我去北碚复旦大学看望朋友，在马大哥的家里我们谈到夜深，恨不得把将近三年的事情一晚上谈光。他似乎老了许多，也不像过去那样爱书了，但还是那么热情，那么健谈，讲话没有保留，没有顾忌，他很可能跟我畅谈一个通宵，倘使没有他第二位夫人的劝阻。夫人是罗淑在广西结识的朋友，她是为了照顾罗淑留下的孩子才同宗融结婚的。对那个孩子她的确是一位好母亲，可是我看出来在马大哥的生活里她代替不了罗淑。一谈起罗淑他就眼泪汪汪。

他一家住在学校附近，自己租的农家房屋。当时在大后方知识分子的厄运已经开始。马大哥不是知名学者，著作很少，平时讲话坦率，爱发表议论，得罪过人，因此路越走越窄，生活也不宽裕。他的心情很不舒畅。然而他仍旧常带笑容，并不把困难放在心上，虽然发脾气的时候多了起来。朋友们关心他，有时也议论他，但是大家都喜欢他。他真像一团火，他的到来就仿佛添了一股热流，冷静的气氛也变成了热烈。他同教授们相处并不十分融洽，但在文艺界中却有不少知心朋友。他住在黄桷树，心却在重庆的友人中间，朋友们欢聚总少不了他，替别人办事他最热心。他进城后活动起来常常忘记了家。老舍同志知道他的毛病，经常提醒他，催促他早回家去。

他朋友多，对人真诚，在他的身上我看出了交友之道。我始终记得一九四一年发生的一件事情：他有一位朋友思想进步，同学生接近，也很受欢迎，但是由于校外势力的压迫和内部的排挤给学校解聘，准备去别处就业。朋友动身前学生开会欢送，马大哥在会上毫无顾忌地讲了自己心里的话。在这之前另一位同他相熟的教授到他家串门，谈起被解聘的朋友，教授讲了不少坏话。他越听越不耐烦，终于发了脾气骂起来:“你诬蔑我的朋友就是诬蔑我！我不要听！你出去！出去！”他把教授赶走了。他为了朋友不怕得罪任何人。没有想到六年以后在上海他也让这个学校(学校已经搬回了上海了)解了聘,只好带着全家渡海,去台北。我听见他的一位同事谈起解聘的原因:上海学生开展反饥饿运动的时候，他们学校当局竟然纵容当地军警开进校园逮捕同学。马大哥对这种作法十分不满,在校务会议上站出来慷慨直言,拍案怒斥。这是他的本色,他常说,为了维护真理,顾不得个人的安危!

我第一次回到四川,一九四一年初去过成都探亲,不久他也来成都为罗淑扫墓。我们一起到墓地,只有在这里他显得很忧伤,平日他和友人见面总是有说有笑。一丛矮树编成的短篱围着长条的墓地,十分安静,墓前有石碑,墓旁种花种树,我仿佛来到分别了四年的友人的家。我的心平静,觉得死者只是在内屋休息,我们在廊下等待。我小声劝慰马大哥:“真是个好地方。世弥在这里安息多么好。”他摇摇头苦恼地说:“我忘记不了她啊！”他拍拍我的肩头,他的手掌还是那么有力。我向他建议将来在这里种一些名花,放些石桌石凳,以后朋友们来扫墓,在小园中坐坐谈谈,仿佛死者就在我们中间。他连声说好。我也把我的想法同别的朋友谈过,准备等抗战胜利后实现这个计划。当时谁也不是存心讲空话，可是抗战胜利后的局面压得人透不过气来,我没有能再到成都,马大哥也被迫远去台北。解放后我两次去成都,都不曾找到罗淑的墓地,今年她的儿子也去那里寻找,才知道已经片瓦无存了。

在台北他住了一年半光景,来过几封信要我去。他在那边生活安定,功课不多。但是他不习惯那种沉闷的空气。新的朋友不多;他关心上海的斗争,又不能回去参加;一肚皮的愤懑无处倾吐,经常借酒消愁。台大中文系主任、友人许寿裳[1]在自己家中半夜被人杀害后，他精神上的苦闷更大，他去看了所谓凶手的“处决”回来，悲愤更深，经常同一位好友[2]一边喝酒一边议论，酒越喝越多，身体越来越差。他病倒后还吵着要回上海，我去信劝他留在台湾治病，但是他说他“愿意死在上海”。靠了朋友们的帮忙，他终于回来了。如他的女儿所说：“他带着我和十岁的弟弟，躺在担架上，让人抬上了民生公司最后一班由基隆返沪的货船。当时的上海正是兵荒马乱，我们只能住在北京路‘大教联’的一个联络站内。”[3]

复旦大学的朋友们负责照料他。孩子们同他住在一起。我去看他，他躺在床上，一身浮肿，但仍然满脸笑容。他伸出大手来抓我的手，声音不高地说：“我看到你了。你不怪我吧，没有听你的话就回来了。”我说了半句：“你回来就好了。”我好不容易忍住了眼泪，没有想到他会病成这样。火在逐渐熄灭，躺在我面前的不是一个“大孩子”，是一位和善的老人。当时我的心情也很复杂，我看：这次的旅行不利于他的病，但是留在台北他就能安心治病吗？

这以后我经常去看他，然而对他的医疗我却毫无办法，也不曾尽过力。他一直躺着，我和萧珊去看他，他还是有说有笑。我暗中为他担心，可是想不到他的结局来得这么快。关于他的最后，他女儿这样地写着：

父亲得不到适当的医治和护理，在上海解放前一个多月就恨恨

1 鲁迅的好友。

2 即乔大壮。

3 原载马小弥《难以忘却的记忆》。

地去世了。弥留之际，因为夜里戒严，连送医院急救都做不到，昏暗的灯光下，只有两个孤儿束手无策地看着父亲咽气。

那天深夜我接到住在联络站里的复旦友人的电话，告诉我“马大哥去世了”。我天亮后才赶到联络站。孩子们小声地哭着，死者静静地睡在床上，大家在等候殡仪馆的车子，只有寥寥几个朋友向遗体告别。

但是在殡仪馆开吊的时候，到灵前致敬的人却有不少，好客的死者不会感到寂寞。他身边毫无积蓄，从台北只带回几箱图书。有人建议为子女募集教育费，已经草拟了启事并印了出来，但不久战争逼近上海，也就没有人再提这件事情。仪式完毕后遗体由回教协会安葬在回民公墓。孩子们起初不同意，经过说服，一切都顺利解决。我也参加了公葬仪式，我后来也去过公墓。公墓在徐家汇，地方不大。两个孩子健康地成长起来，图书全部捐赠给了学校。一九七二年他的儿子有事情到上海，再去扫父亲的墓，可是找不到墓地在什么地方。

关于马宗融大哥我还可以讲许多事情，但是对于读者，我看也没有多讲的必要了。我们有一个习惯：写纪念文章总喜欢歌功颂德，仿佛人一死就成为圣人，私人的感情常常遮住作者的眼睛。还有人把文章作为应酬的礼品，或者炫耀文学的技巧，信笔书写，可以无中生有，逢凶化吉，夸死者，也夸自己。因此许多理应“盖棺论定”的人和事都不能“盖棺论定”，社会上还流传着种种的小道新闻。

然而关于马宗融大哥，大概可以盖棺论定了吧。三十三年来在多次的运动中未见有人出来揭发他，也不曾为他开过一次批判会。他虽然死亡，但死后并未成为圣人，也不见一篇歌颂他的文章。人们似乎忘记了他。但是我怎么能忘记他呢？他是对我最好的一位朋友，他相信我，要是听见人讲我的坏话，他也会跟人打架。我不想在这里多谈个人的感情。我从来不把他当作圣人。他活着时我常常批评他做得太少，不曾把自己的才智贡献出来。他只留下一本薄薄的散文集《拾荒》，和用文言写的《法国革命史》（也是薄薄的一本）；还有两本翻译小说：屠格涅夫的《春潮》和米尔博的《仓库里的男子》，字数都不多。我知道他的缺点很多，但是他有一个长处，这长处可以掩盖一切的缺点。他说过：为了维护真理顾不得个人的安危，他自己是这样做到了的。我看见中国知识分子的正气在他的身上闪闪发光，可是我不曾学到他的长处，也没有认真地学过。过去有个时期我习惯把长官的话当作真理，又有一个时期我诚心奉行"明哲保身"的古训，今天回想起来，真是愧对亡友。这才是我的欠债中最大的一笔。

现在是还债的时候了。我怎么还得清呢？他真应当替我担心啊。我明白了，那一团火并没有熄灭，火还在燃烧，而且要永远燃烧。

怀念一位教育家[1]

有一天，科学家匡达人同志对我谈起她的父亲，我说我打算写一篇怀念互生先生的文章，她等待着。一年过去了，我一个字也没有写出来。其实不是在一年以前，而是在五十年前，在一九三三年，我就想写这篇文章。那时我刚从广州回上海，匡互生先生已经逝世，我匆忙地在一篇散文[2]里加了这样的一段话：

对于这个我所敬爱的人的死，我不知道应该用什么话来表示我的悲痛。他的最后是很可怕的。他在医生的绝望的宣告下面，躺在医院里等死，竟然过了一个月以上的时间，许多人的眼泪都不能够挽救他。

《南国的梦》收在我一九三三年的游记《旅途随笔》里面，是我初到广州时写成的。这年春天我离开上海前曾经去医院探病，互生先生住在一家私人医院，我到了那间单人病房，连谈话的机会也没有，他似乎在昏睡，病已沉重，说是肠癌，动过手术，效果不好。和我同去的

1　写于一九八三年八月二十二日。

2　指《南国的梦》。

朋友在揩眼泪,我不敢多看他那张带着痛苦表情的瘦脸,我知道这是最后的一次了,我咬着嘴唇,轻轻地拉一下朋友的衣袖,我们走出了医院。

在广州我得到了互生先生的噩耗。我什么表示也没有,只是空下来和一位广东朋友在一起,我们总要谈互生先生的事情。

我和互生先生并不熟,我同他见面较晚也较少。可是我有不少朋友是他的学生或崇拜者,他们常常用敬爱的语气谈起"匡先生"的一些事情。我最初只知道他是"五·四"运动中"火烧赵家楼"的英雄,后来才了解他是一位把毕生精力贡献给青年教育的好教师,一位有理想、有干劲、为国为民的教育家。他只活了四十二岁,是为了他和朋友们创办的立达学园献出自己生命的。我没有在立达学园待过,但我当时正住在那位广东朋友创办的"乡村师范"里,跟教师和同学们一起生活。学校设在小山脚下三座并排的旧祠堂内,像一个和睦的家庭,大家在一起学习,一起劳动,一起作息,用自己的手创造出四周美丽的环境,用年轻的歌声增添了快乐的气氛。我作为客人住了五天,始终忘记不了在这里见到的献身的精神、真诚的友情、坚定的信仰和乐观的态度。我和广东朋友谈起,说了几句赞美的话。他说:"我是匡先生的学生,不过照他培养人、教育人的思想办事。"我说:"要是他来看一看多好!"广东朋友叹息说:"不可能了。不过他的思想会鼓励我们。"他含着眼泪加一句:"我们一定要把学校办好。"

我相信他的决心。我想到在上海医院里等待死亡的匡互生先生,我忽然兴奋起来:"只要思想活着,开花结果,生命就不会结束。"我却没有料到两年后,这个师范学校由于省教育当局的干涉停办了。

互生先生生活简朴。他的家我去过一次,是一个安徽朋友带我去的。房里陈设简单。学生们常来找他谈话。他对他们讲话,亲切、详细。

我在旁边也感觉到这是一位好心的教师,又像是一位和蔼的长兄。那两天我刚刚听到关于他对待小偷的故事,学校厨房捉到偷煤的贼,送到他那里,他对小偷谈了一阵,给了两块钱,放走了,劝"他"拿这笔钱去做小生意。又有一回学生宿舍捉住一个穿西装的贼，他让贼坐下来,同"他"长谈,了解"他"的生活情况,好好地开导"他",后来还给"他"介绍工作。他常说:"不要紧,他们会改好的。"我和几个朋友都不赞成他这种作法,但是我们佩服他的改造人们灵魂的决心和信心。他从不讲空话,总是以身作则开导别人。

立达学园不是他一个人创办的，可是他一个人守着岗位坚持到底。有一个时期他为学校经费到处奔走。我去过他的家不多久,那里就被日本侵略军的炮火毁掉了，学校也只剩了一个空架子。这是一九三二年"一·二八"战争中的事。停战后我有一次和他同去江湾看立达学园的旧址,屋顶没有了,在一间屋子里斜立着一颗未爆炸的二百五十磅的炸弹，在另一处我看见一只被狗吃剩了的人腿。我这次到江湾是来找寻侵略战争的遗迹;互生先生却是来准备落实重建学园的计划。

学校重建起来,可是互生先生的心血已经熬尽。学园七月恢复,互生先生年底就因患肠癌进医院动手术,他起初不肯就医,把病给耽误了。开刀后,效果也不好。他是这样的一个人,不愿在自己身上多花一文钱。我还记得在上海开明书店发行的《中学生》月刊(大概是一九三二年的吧）上读到一篇赞美互生先生的短评，说他为学校筹款奔走,一天早晨在马路上被车(人力车吧)撞倒,给送进医院诊治。医生要他每天喝点白兰地。他离开医院后,到咖啡店喝了一杯白兰地,花去八角。他说:"我哪里有钱吃这样贵重的东西? 钱是学校需要的。"他以后就不再去喝白兰地了。

手边没有《中学生》，我只记得短文的大意。但我忘不了他那为公忘私的精神。我把他当作照亮我前进道路的一盏灯。灯灭了，我感到损失，我感到悲痛。

还有一件事情。“一·二八”战争爆发后，我从南京回到上海，我的家在战区，只好在两位留日归来的朋友的住处借宿。后来我在环龙路一家公寓里租到一间屋子，那两位朋友也准备搬家。没有想到过两天那位姓黄的朋友忽然来说，姓伍的朋友让法租界巡捕房抓走了。我弄清楚了情况，原来伍到他友人林的住处去洗澡，刚巧法国巡捕因“共产党嫌疑”来逮捕林的朋友郑，结果把三个人都捉走了。朋友们到处打听，托人设法营救，毫无用处，我们拿不出钱行贿。有个朋友提起匡互生，我们就去找他。他一口答应，他认识国民党“元老”李石曾，马上找李写了一封保证无罪的信，李石曾在法租界工部局有影响。一天大清早有人来叩我的房门，原来是互生先生。他进了房，从公文包里掏出李的信，拿给我看，一面说：“信里只有两个名字，对姓郑的不利。是不是把他的名字也写进去。那么我把信拿去找李改一下。”第二天一早他就把改了的信送来。不用说，被捕的人都给保释出来了。朋友伍今天还在北京工作，他一定没有忘记五十年前的这件事情。

我的责任编辑[1]

我和丁玲同志一样，我的第一本小说也是由叶圣陶老人介绍给读者的，不过晚几个月。一九二八年十二月上旬我从法国回到上海，丁玲的短篇集《在黑暗中》在开明书店出版，受到人们的注意。我并不认识叶圣老，也不曾跟他通过信，我后来托索非把中篇小说《死去的太阳》转给《小说月报》时，他早已不代编《月报》了。我还在《月报》上发表过几个短篇。叶圣老在一九三一年也曾向索非要过我的稿子，是为了他主编的《妇女杂志》组稿（好像他担任这个职务并不久）。我写了《亚丽安娜》交给索非转过去。那是一个波兰革命姑娘的真实故事。小说很快就刊了出来。其实说快，也是在几个月之后，当时商务印书馆发行的几种杂志都脱期，而且总是落后几个月。但它们都是名牌刊物，独家经营，没有竞争对手，不愁卖不出去，因此脱期成了家常便饭。我只记得我拿到发表《亚丽安娜》的那期刊物时，叶圣老已经离开《妇女杂志》，或者甚至离开了商务印书馆。我以后也就不曾再给《妇女杂志》写稿，因为新的主编思想右倾。那个时候情形复杂，但又有趣，人们并不随便把别人划成"右派"，也不需要请人给自己戴上帽

1　写于一九八六年五月十五日。

巴金（左）与叶圣陶

子。不过进步与落后的划分却是十分明显、非常自然。即使你有钱有势，读者也不会跟着你跑。商务印书馆那些杂志经常变换它们的主编，官方施加压力，刊物便朝右摆。过了一段时间刊物又逐渐恢复本来面目，因为它们不愿被读者抛弃。但是第二年初“一·二八”上海事变发生，商务印书馆编译所给日军炮火轰毁，这以后除了《东方杂志》不久复刊外，其他的刊物都自动停刊。《东方杂志》由胡愈之继续编了一个时期，我的中篇小说《新生》的初稿，一九三二年同《小说月报》编辑部一起烧成灰烬，我重写了它，一九三三年《东方杂志》连载了《新生》的第二稿，徐调孚兄为它花费了不少的心血。《小说月报》停刊后，调孚兄去开明书店工作，业余为《东方杂志》编辑文艺栏，每期发表两三篇作品。《东方杂志》月出两册，办得很精彩，思想进步，受读者欢迎。但是不说也想得到，从上面来了压力，南京讲话了。然后愈之离开，换上汪精卫派的李圣五，他把杂志抓在手里，一直到抗战爆发，杂志停刊，他跟着主子走上了绝路。

叶圣老离开商务后到开明书店编《中学生》月刊，我原是这杂志的撰稿人，也继续为它写稿。但我很少有机会见到叶圣老。我不和索非住在一起的那一段时期中，先在我舅父家住了将近一年，以后又去南北一些地方旅行，我不是为了游山玩水，只是去寻求友谊。我认识了不少的朋友，为这些朋友我写了更多的文章。直接向我组稿的人多起来了。我无法隐姓埋名，只好用文章应酬朋友，于是我成了所谓“多产”的作家，在各种各样的刊物上都出现了我的名字。我在一篇题作《灵魂的呼号》的序文中诉苦说：“拿文章来应酬，到后来就是拿名字来应酬，自己糟蹋文章，糟蹋名字，到后来就是文章和名字被人糟蹋……”不过我又说：“我的文章是写给多数人读的。我永远说自己想说的话。……”记得就是在这个时期叶圣老和调孚兄托索非带口信来，劝我慎重发表文章，我没有认真考虑他们的意见，可是我感谢他们的关心。特别是对叶圣老，我渐渐地领会到他把我送进文坛后，虽然很少跟我接触，很少同我交谈，却一直在暗中注视着我。

我常常这样想，也仿佛常常看见那张正直、善良的脸上的笑容，他不是在责备我，他是在鼓励我。即使失去了信心，我也会恢复勇气，在正路上继续前进。我指的不仅是写作的道路，还有做人的道路。这样的朋友我不止有一位，但叶圣老还是我的老师。这样的老师我也有不止一位，而叶圣老还是我的头一本小说的责任编辑。我还说过他是我的一生的责任编辑，我的意思是——写作和做人都包括在内。当然我的一切应当由我自己负责，但是我的一举一动、一言一行，我每向前走一步，总要想到我那些朋友，我那些老师，特别是我的"责任编辑"，那就是叶圣老，因为他们关心我，我不愿使他们失望，我不能辜负他们对我的信任。我今天还是这样想，还是这样做，还是这样地回忆那些忘不了的往事。

现在简单地讲三件事情。

第一件：一九四九年初北平解放，叶圣老他们从香港到了北方，当时那边有人传说我去了台湾，他很着急，写信向黄裳打听，黄裳让我看了他的来信。几个月后我去北平出席第一次全国文代会，我紧紧握着他的手，我们谈得很高兴。

第二件："文革"期间叶圣老得到解放之后，到上海来要求见几个人，其中有一个就是我，他仍然为我的安全担心。据说徐景贤说我是"反革命"不给见，好像丰子恺先生也不能出来，他就只见到周予同教授，但已经双目失明，瘫痪在床，给折磨成那个样子！旁边还有人监视；即使是老朋友见面又能谈些什么呢？看到一位进步知识分子如此可悲的下场，看到一位老友含冤受屈的惨痛遭遇，而自己毫无办法，他的心情我很了解,他后来不曾对我讲过什么,他把一切都咽在肚里了。但是他在上海知道了一个事实:他要看望的人还活着。听说那次和他同来的人中还有胡愈之同志。

第三件:“四人帮”下台了。长期给关在活葬墓中的我终于看到了一线光明,一线希望。我叫起来,我想用我的声音撞破四周的岑寂。于是从朋友们那里来了鼓励,来了安慰;从四面八方伸过来援助的手。愈之寄信说:“今天从《文汇报》读到你的一封信,喜跃欲狂。尽管受到‘四人帮’十多年的迫害,从你的文字看来,你还是那样的清新刚健,你老友感到无比的快慰。先写这封信表示衷诚的祝贺。中国人民重新得到一次大解放。你也解放了!这不该祝贺吗?”叶圣老不但几次来信,而且还写了一首诗赠给我,他这样说:“诵君文,莫计篇,交不浅,五十年。平时未必常晤叙,十载契阔心怅然。今春《文汇》刊书翰,识与不识众口传。挥洒雄健犹往昔,蜂虿于君何有焉。杜云古稀今曰壮,伫看新作涌如泉。”

我似乎又回到了五十年前了。这样的友情!这样的信任!我还有什么话好说呢?我应当高兴:我有这样的朋友,这样的老师,这样的责任编辑!愈之也是我的责任编辑,一九三一年他几次到闸北宝山路我的住处来约稿,除了中篇小说《雾》以外,他还要我在第二年的《东方杂志》上发表连载文章。我只写好一篇《杨嫂》,“一·二八”事变就使我改变了写作计划。愈之的确是我的老友,世界语运动把我们连在一起,一直到他的最后,一直到今天,因为他还活在我的心中。可惜我没有能把他寄到成都的信,六十几年前的那封信保存下来!这些年我和他接触不多,不过在我患病摔伤之前,我们常有机会见面。他对世界语的热情和对世界语运动在中国的发展所作的贡献,使我感到惭愧。作为一位九十高龄的老人他离开这个世界,不会有什么遗憾。我虽然失去一位长期关心我的老师和诤友,但是他的形象、他的声音永远在我的眼前、在我的耳边:不要名利,多做事情;不讲空话,要干实事。这是他给我照亮的路,这也是我生活的道路。不管是用纸笔,或者用行为,不管是写作或者生活,我走的是同样一条道路。路上有风有雨,有泥有石,黑夜来临,又得点灯照路。有时脚步乏力还要求人拉我一把。出书,我需要责任编辑;生活,我也同样需要责任编辑。有了他们,我可以放心前进,不怕失脚摔倒。

愈之走了。叶老还健在,我去年上北京,他正住院,我去医院探望,闲谈间他笑得那样高兴。今天我仿佛还听见他的笑声。分别十几个月,我写字困难,心想他写字也一定困难,就不曾去信问候他。但是我对他的思念并未中断,我祝愿他健康长寿,也相信他一定健康长寿。

悼念茅盾同志[1]

十年浩劫之后我到北京开会，看见茅盾同志，我感到格外亲切。他还是那样意气昂扬，十分健谈，不像一位老人。这是我最初的印象，它使我非常高兴。这几年中间我见过他多次，有时在人民大会堂，没有机会长谈；有时我到他的住处，没有干扰，听他滔滔不绝地谈话，我仿佛又回到了三十年代和四十年代的日子。我每次都想多坐一会，但又害怕谈久了会使他疲劳，影响他的健康。告辞的时候我常常觉得还有许多话不曾讲出来，心想：下次再讲吧。同他的接触中我也发见他一年比一年衰老，但除了步履艰难外，我没有看到什么叫人特别担心的事情，何况我自己也是一年不如一年。因此我一直丢不开"下次吧"这个念头，总以为我和他晤谈的机会还有很多。最近有人来说"茅公身体不好，住进了医院"。我想到了冬天老年人总要发这样或者那样的毛病，天气暖和就会好起来，我那"下次吧"的信心并不动摇。万万想不到突然来的长途电话就把我的"下次吧"永远地结束了。

二十年代初商务印书馆的《小说月报》改版，开始发表新文艺作品，茅盾同志做了第一任编辑，那时我在成都。一九二八年他用"茅

1 写于一九八一年三月二十九日。

盾”的笔名在《小说月报》发表三部曲《蚀》的时候，我在法国。三十年代在上海看见他，我就称他为“沈先生”，我这样尊敬地称呼他一直到最后一次同他的会见，我始终把他当作一位老师。我十几岁就读他写的文学论文和翻译的文学作品，三十年代又喜欢读他那些评论作家和作品的文章。那些年他站在鲁迅先生身边用笔进行战斗，用作品教育青年。我还记得一九三二年他的长篇小说《子夜》出版时的盛况，那是《阿Q正传》以后我国现代文学的又一伟大胜利。那个时期他还接连发表了像《林家铺子》、《春蚕》那样的现实主义短篇杰作。我国现代文学始终沿着“为人生”的现实主义道路成长、发展，少不了他几十年的心血。他又是文艺园中一位辛勤的老园丁，几十年如一日浇水拔草，小心照料每一朵将开或者初放的花朵，他在这方面也留下不少值得珍视的文章。

我不是艺术家，我不过借笔墨表达自己的爱憎，希望对祖国和人民能尽一点点力，由于偶然的机会我走上了文学道路，只好边走边学。几十年中间，我从前辈作家那里学到不少作文和做人的道理，也学到一些文学知识。我还记得三十年代中在上海文学社安排的几次会晤，有时鲁迅先生和茅盾同志都在座，在没有人打扰的旅社房间里，听他们谈文学界的现状和我们前进的道路，我只是注意地听着，今天我还想念这种难得的学习机会。

然而我不是一个好学生，缺乏刻苦钻研的学习精神，因此几十年过去了，我在文学上仍然没有多大的成就，回想起来我总是感到惭愧，甚至一些小事自以为记得很牢，也常常不能坚持下去。一九三七年“八·一三”抗战爆发，文艺刊物停刊，《文学》、《中流》、《译文》、《文丛》等四份杂志联合创办《呐喊》周报，我们在黎烈文家商谈，公推茅盾同志担任这份小刊物的编辑。刊物出了两期被租界巡捕房查禁，改名《烽火》继续出下去,我们按时把稿子送到茅盾同志家里。不久他离开上海,由我接替他的工作。我才发现他看过采用的每篇稿件都用红笔批改得清清楚楚,而且不让一个笔画难辨的字留下来。我过去也出过刊物,编过丛书,从未这样仔细批稿,看到他移交的稿件,我只有钦佩,我才懂得做编辑并不是容易的事。第二年春天他在香港编辑《文艺阵地》,刊物在广州印刷,他每期都要来广州看校样。他住在爱群旅社,我当时住在广州,到旅社去看他,每次都看见他一个字一个字地专心改正错字。我自己有过长期校对的经验,可是我校过的书刊中,仍然保留了不少的错字。记得我在四十年代后期编了一种丛书,收得有一本萧乾的作品(大概是《创作四试》吧)。书印出后报纸上刊载评论赞扬它,最后却来一句:"书是好书,可惜错字太多。"我每想起自己的粗心草率,内疚之后,眼前就现出茅盾同志在广州爱群旅社看校样的情景和他用红笔批改过的稿件。他做任何工作都是那样认真负责,一丝不苟,连最后写《回忆录》时也是这样。我尊他为老师,可是我跟他的距离还差得很远。看来我永远赶不上他了。但是即使留给我的只有一年、两年的时间,我也要以他为学习的榜样。

人到暮年,对生死的看法不像过去那样明白、敏锐。同亲友分别,也不像壮年人那样痛苦,因为心想:我就要跟上来了。但是得到茅盾同志的噩耗我十分悲痛,眼泪流在肚里,只有我自己知道。我们浪费了多少时间啊,现在到了尽头了。他是我们那一代作家的代表和榜样,他为祖国和人民留下了不少宝贵财富,他不应该有遗憾。但是我呢?我多么想拉住他,让他活下去,写完他所想写的一切啊!

去年三月,访问日本的前夕,我到茅盾同志的寓所去看他,在后院那间宽阔、整洁的书房里和他谈了将近一个小时,我和罗荪同志同去,但谈得最多的还是茅盾同志,他谈他的过去,谈他最近一次在睡房里摔了一跤后的幻景,他谈得十分生动。我们不愿意离开他,却又不能不让他休息。我们告辞后,他的儿媳妇搀他回到寝室。走出后院,我带走了一个孤寂老人的背影。我想多寂寞啊!这两年我脑子里一直有一个孤寂老人的形象。其实我并不理解他。今天我读了他的遗书,他捐献大量稿费,作为奖励长篇小说的基金;在病危的时候,他这样写道:“我自知病将不起,我衷心地祝愿我国社会主义文学事业繁荣昌盛。”他的心里装着祖国的社会主义的文学事业,他为这个事业贡献了毕生的精力。他怎么会感到寂寞呢?

巴金（左）与茅盾

怀念方令孺大姐[1]

最近去杭州住了六天，几乎天天下雨，我不常外出，也很少伏案写作。我住在招待所的二楼，或者在阳台上散步，或者长久地坐在沙发上闭目养神，或者站在廊前，两只胳膊压着栏杆，隔着里西湖眺望白堤。白堤是我熟悉的，但这样看白堤在我还是第一次。那么多的人鱼贯而行，脚步不停，我仿佛在看皮影戏。颜色鲜明的公共汽车，杨柳的新绿和桃花的浅红，都在那幅幕布上现了出来。

我记起来了：十六年前也是在这个时候，我和萧珊买了回上海的车票，动身去车站之前，匆匆赶到白堤走了一大段路，为了看一树桃花和一株杨柳的美景，桃花和杨柳都比现在的高大得多。树让挖掉了，又给种起来，它们仍然长得好。可是萧珊，她不会再走上白堤了。

我哪里有心思游山玩水?! 游山玩水，那是三十年代的事情，从一九三〇年到一九三七年，我几乎每年都去杭州，我们习惯在清明前后游西湖，有一两年春秋两季都去，每次不过三四天，大家喜欢登山走路，不论天晴下雨，早晨离开湖滨的旅馆，总要不停步地走到黄昏，随身只带一点干粮，一路上有说有笑。同游的人常有变更，但习惯和兴

---

1 写于一九八一年五月十五日。

致始终不改。南高峰、北高峰、玉皇山、五云山、龙井、虎跑、六桥、三竺仿佛是永远走不完、也走不厌似的。那个时候我们好像有无穷无尽的精力和感情！我还记得就是在沿着九溪十八涧走回湖滨的蜿蜒的小路上，陆蠡、丽尼和我在谈笑中决定了三个人分译屠格涅夫六部长篇小说的计划。我们都践了诺言，陆蠡最先交出译稿，我的译文出版最迟。陆蠡死在日本侵略军的宪兵队里，丽尼则把生命交给自己的同胞。当时同游的法国文学研究者和翻译家黎烈文后来贫困地病死在台北。我再也见不到他们了。

六十年代中从六〇年到六六年我每年都到杭州，但是我已经没有登山的兴趣了。我也无心寻找故人的脚迹。头一年我常常一个人租船游湖，或者泡一杯茶在湖滨坐一两个小时，在西湖我开始感到了寂寞。后来的几年我就拉萧珊同去，有时还有二三朋友同行，不再是美丽的风景吸引着我，我们只是为了报答一位朋友的友情。一连几年都是方令孺大姐在杭州车站迎接我们，过四五天仍然是她在月台上挥手送我们回上海。每年清明前后不去杭州，我总感觉到好像缺少了什么。同方令孺大姐在一起，我们也只是谈一些彼此的近况，去几处走不厌的地方(例如灵隐、虎跑或者九溪)，喝两杯用泉水沏的清茶。谈谈、走走、坐坐，过得十分平淡，现在回想起来，也没有什么值得提说的事情，但是我确实感到了友情的温暖。

友情有多种多样。“温暖”两个字用得太多了，说不清楚究竟是一种什么样的感觉。我当时仿佛在冬天早晨晒太阳心里暖和，无忧无虑、无拘无束，我感到轻松而舒适；我又像在一位和睦家庭中的长姐面前，可以随心谈话，用不着戒备。令孺同志大我八岁，比萧珊大得更多，我们虽然尊她为大姐，她却比我更多小孩脾气。我对她的了解是逐渐加深的。但有一点我的看法始终未变：她是一个十分善良的人。

我现在说不清楚我在什么时候认识她的。我先读到她的文章,在我编辑的《文学丛刊》第七集中有一本她的散文集《信》,是靳以介绍给我的。文章并没有给我留下深刻的印象,我隐约记得一位善良的女诗人在吐露她的胸怀,她苦闷,彷徨,追求。但我认识她的时候连这个印象也淡化到没有了,教授代替了诗人。我看见她不用说是在靳以的家里,他们同在复旦大学教书,都住在重庆北碚的夏坝。我同她交谈不多，只是觉得她是一个容易接近的知识分子。她同靳以已经很熟了。她在方家排行第九,侄儿侄女不少,一般熟人都称她“九姑”,靳以也这样称呼她。我跟她相熟,却是解放以后的事。一九五一年第三季度我和靳以还有令孺大姐三个人参加了老根据地访问团华东分团,一起去过沂蒙山区。后来我们又到苏北的扬州和盐城,这样我和她就熟起来了。但是关于她的过去,我知道很少,我向来就不注意朋友们的身世，我想了解的常常是人们的精神世界和真实感情。无怪乎在“文革”期间我经常受到向我“外调”的人的训斥:交朋友不调查别人的出身和成分。我不能满足“外调者”的要求,因为我只能谈个人的印象。关于方令孺大姐,似乎没有人来找我调查过她的情况。倘使别人向我问起,我就会说:解放后她不再彷徨、苦闷;虽然吃力,她始终慢慢地在改造的道路上前进。我还记得我们在山东乡下访问时,她和一位女同志住在农民家里，旁边放着一副空棺材，她也能愉快地住几天。我们一起活动了不到两个月,她留给我的印象除了“善良”外,还加上一个“坦白”。这以后我也习惯像靳以那样用“九姑”称呼她了。

回到上海我们少有见面的机会,大家似乎都很忙,又很紧张,却又没有作出什么成绩。在北京开会,我倒遇见她几次,忽然听说她要给调到杭州担任浙江省文联主席,她自己下不了决心。我当面问她,她说在复旦大学她有不少熟人,在杭州除了女儿女婿外,单位里都是生人,前任文联主席又是犯了错误给撤职的,换一个新环境她有些害怕。我相信她会去杭州,用不着我给她打气,我也不曾到复旦宿舍去看她。一九五九年我和萧珊去新安江参观,这是解放后我们第一次去杭州,在那里同她相聚,真像见到亲人一样。她老了些,身体不大好,常常想念上海的朋友,几次讲到她的寂寞。第二年五月我又去杭州,她却到北京治病去了。我这次去杭州是为了写一篇发言稿,大约在两个月以后第三次全国文代会要在北京召开,文联的同志们要我在会上讲话。我不知道该从哪里讲起,拿起笔一个字也写不出,只好躲到杭州,在西湖的确没有干扰,可以说我不曾遇到一个熟人。虽然有那样多的时间,可是我坐在书桌前,写不上十个字就涂掉,然后好像自来水笔有千斤重,我动不了它。这样的经验那些年我太熟悉了。有时写作甚至成了苦刑,我常常想:我“才尽”了。坐在房间里我感到烦躁,就索性丢开笔出去看看走走,有时在湖滨走两三个小时,有时在西山公园的竹亭里坐一个上午,只是望着熟悉的西湖的景色,我什么也不想。我住过三个招待所,挨了若干日子,最后在花港写完了我那篇发言稿,标题是《文学要跑在时代的前头》。我在文代会上读它的时候仿佛它是一气呵成似的,其实为了那些“豪言壮语”,我花费了多少天的苦思苦想。

一九六一年访问日本回来,六月初我又去西湖。我需要交出第一篇访日文章,在上海连静坐拿笔的工夫也没有,我只好又逃到杭州,还是在花港招待所里完成了任务。我写了几篇散文,还写了短篇小说,因为我有真实感情和创作欲望,我在写我想写的作品。我这次大约住了三个星期,招待所里还有一位朋友,他比我早来,也是来写作的。每天吃过晚饭,我和他一起散步,常常走到盖叫天老人的墓道才折回去。马路上几乎没有行人,光线十分柔和,我们走在绿树丛中,夜在我们四周撒下网来。我忘不了这样愉快的散步。盖老当时还活着，他经营自己的生圹好多年了。有一次时间早一点，我走进墓道登上台阶到了墓前，石凳上竟然坐着盖老本人，那么康健，那么英武，那么满意地看刻着他大名的红字墓碑，看坡下的景色，仿佛这里就是他的家，他同我谈话好像在自己家里接待客人。我们一路走下去，亲切地握手告别。这就是我最后一次同他交谈，五年后一九六六年七月底我到西湖参加亚非作家“湖上大联欢”，听人说盖老已经靠边受批斗，我也不便多问。在我自己给当作罪人关进“牛棚”之后听到小道消息：盖老给迫害致死。连八旬老人也遭受酷刑，我当时还不肯相信，若干年后才知道真实情况比人们传闻的可怕得多。不用说他无法睡在自己苦心经营的坟墓里面，连墓道，连牌坊，连生圹，连石桌、石凳全化作尘土了。然而刻在石牌坊上的那副对联还经常出现在我的眼前：“英名盖世三岔口，杰作惊天十字坡。”优美的艺术绝不是任何暴力所能抹煞的！

我记不清楚是不是九姑和我同去看盖老的生圹，当时她已回到杭州，因为天热，她很少出来。我和那个朋友到过白乐桥她那非常幽静的住处，门前淙淙的溪水，院子里一株高大的银杏，我们在窗下阶前融洽地谈了两三个小时。另一天下午我们三个人又在灵隐寺前飞来峰下凉亭里坐了一个下午。我们谈得少，我拿着茶杯，感到时间慢慢地在身边过去，我有一种无忧无虑的幸福感觉。但是同她分别的时候我忽然觉得她还是想回上海，在这里她感到寂寞。我和朋友从灵隐送她走回白乐桥，她对我们频频挥手，那么善良的笑脸，多么真诚，又多么孤寂啊！

第二年年初我们五六个人从广州到海南岛参观，坐一部旅行车在全岛绕了一周，九姑也在里面。接着她又和我全家在广州过春节，看花市，她很兴奋地写诗词歌颂当时的见闻。我还记得，我们在海口市招待所里等待回湛江的飞机，已经等了两天，大家感到不耐烦，晚饭后闲谈中她谈起了自己的身世，谈了一个多钟头。想不到她的生活道路上有那样多的荆棘，她既困难又坚决地冲出了旧家庭的樊笼，抛弃了富家少奶奶的豪华生活，追求知识，自食其力，要做到她自己所说的那样“创造一个新的世界，新的人生”，做“一个真实的人”。那些坚持斗争的日子！倘使得不到自由，她就会病死在家中。她没有屈服，终于离开了那个富裕的家。她谈得很朴素，就像在谈很远、很远的事情，的确是多年前的事了，但是她还不能没有激动，她说不久前在一次学习会上她谈了自己的过去，会后一位同事告诉她，以前总以为她是一帆风顺、养尊处优的旧知识分子，现在才知道她也经历过艰巨的斗争，对她有了更多的理解了。我说的确是这样，我从前也听见人说，她孤独、清高，爱穿一身黑衣服，一个人关在屋子里，不然就孤单地在院子里走来走去。她笑了。她那样的人在旧社会怎么不被人误解呢？她哪里是喜欢孤独？她那颗热烈的心多么需要人间的温暖。

这以后她和我一家的往来更加密切了。我们的两个孩子都喜欢她。我们和她在黄山度过一段时间，又同在从化洗过温泉。一年中间我们和她总要见面两三次，书信的来往更是频繁，她喜欢读萧珊的信，也写了不少的信给她。一九六六年年初她来上海，同上海的亲友们一起欢度了她的七十大庆。这一次我们和她无忧无虑地相聚了几天。我还兴奋地说十年后要到西湖庆祝她的八十生日。其实说无忧无虑，也得打个折扣，因为上海的作家已经开始学习姚文元的《评新编历史剧〈海瑞罢官〉》。我每个星期六下午要去文艺会堂参加学习会，有一回姚文元眉飞色舞地鼓励大家“畅所欲言”，看见他口沫四溅，手舞足蹈，我觉得我的上空乌云正在聚拢，一阵暴雨就要倾注下来。九姑虽然在上海待得不久，可是她主动地要求参加我们的学习会。我笑着夸她“学习积极”。她说她来“取经”，回去也可能要搞同样的学习，我才看出来她也有点紧张。这年清明前后我和萧珊并没有去西湖看望九姑，她已经和几个同事匆匆赶去北京开会。形势越来越紧，连萧珊也参加了“四清”工作队到铜厂去了。

九姑从北京回来，仍然经过上海，我记得她在招待所住了三几天，我还听见她夸奖萧珊参加工作队有了很大的进步。她不曾谈起在北京开会的情况。但是连郭老也公开表示他的著作应当全部烧毁，他本人愿意到生活里去滚一身泥巴。因此一位写诗的朋友也诚恳地劝我表态，我接着就在学习会上承认我写的全是毒草。这样完全否定了自己，我并不感到痛苦，反而感到轻松，心想总可以混过一些时候了。一个接一个的运动仿佛把人的脑子磨炼得非常敏感，其实它反倒给磨得十分迟钝。那几个月我的精神状态和思想感情就是这样。我好像十分害怕，又仿佛毫不在乎。我到北站送九姑上车，朝着缓缓移动的车厢内的长姐似的和善面颜不住地摇手，我没有想到这是我最后一次看见她，但是我有一种感觉：我们没有雨具，怎么挡得住可能落下的倾盆大雨！“我们”不单是指我，不单是指九姑，还有许多同命运的人。

大约过了两个多月，我意外地到了杭州。我去参加前面提到过的亚非作家“湖上大联欢”。我从北京到武汉再转到杭州，分三路参观的亚非作家们将在杭州会合。作为中国代表团的副团长的我和一些工作同志先去西湖，同当地的作家进行联系。我以为九姑会出来接待远方的客人，可是在这里连一个文联或者作协分会的熟人也看不到。说是都有问题，都不能出来。我不敢往下问，害怕会听到更可怕的消息，反正有一位省文化局长就可以体现我们灿烂的文化了。离开杭州的前夕，一位菲律宾诗人问我为什么在这山清水秀、风景如画的地方看不到诗人和作家？我吞吞吐吐，答不出来。回到上海，送走了外宾，我自己也受到围攻，不能出来了。

现在回想起来我还有似梦非梦的感觉，当时也是如此，我总以为不是真的。但是事情一件一件地来了，抄家，强迫劳动，一夜之间成为贱民……等等。我的女儿在家里待不下去，她和同学们一起出去串联，经过杭州，她去看望了九姑，九姑接待了她，还借给她零用钱。那是十一月底的事，九姑虽然靠边，却未受到隔离审查，还留我女儿在白乐桥家中住了一晚。据说黄山宾馆的服务员揭发她在黄山用牛奶洗澡，九姑非常愤慨。一九六一年我们在黄山过暑假，后来萧珊带着孩子来了，住在半山的紫云楼，黄山宾馆就在紫云楼下面，我们每天都要去看九姑。那里并不豪华，九姑也没有受过特殊的待遇。清早我们都喝豆浆，谁也不曾见过牛奶。但是对运动中的所谓揭发，我们都有一些体会，上面要什么，下面就有什么。年轻时候看旧小说，我总是不懂“莫须有”三字怎么可能构成天大的罪名，现在完全明白了。十年浩劫中来了一个封建文物大展览，大家都“深受教育”。大约在第二年十月“造反派”在上海作协分会旧址批斗前市委宣传部长石西民，我也给揪去陪斗。在会上杭州来的“造反派”发言要石西民交代将方令孺拉进党内的“罪行”。石西民没有正面回答。我替九姑担心，可是以后我也不曾得到什么不祥的消息。

一九七四年五月我的女婿到杭州工作，我要他去看望九姑，他找到了她。她仍然住在原来的地方，只是屋子减少了，只剩了一间。她已经七十八岁，她的女婿死了，女儿身体又不好，很少有人理她。她很寂寞，有时盼望我女婿去陪她打扑克。她给我来过信，可是我的问题并未彻底解决，不便经常给她去信。再过一年半，我的情况仍然没有改变，我的命运还是给捏在“四人帮”的爪牙的手里。我的女儿也去了杭州，她也去过白乐桥。她和她的爱人给八十岁老太太的孤寂生活中带去一点温暖和安慰，但是他们除了工作和学习，还有自己的活动，还要参加搞不完的批这批那的运动，哪里能经常去看望她?!

一九七六年九月底，我女儿、女婿回上海过国庆，我问起九姑的情况，我女儿说她患肺炎住在医院里，他们去看过她，她已经认不出他们。节后他们回到杭州就给我寄来方令孺同志追悼会报道的剪报，原来我们谈论她的时候，她已经不在人间。

九姑活过了八十，不算短寿。在靠边期间她还下过水田劳动，经受了考验，也终于得到了“解放”。但是她没有能充分地利用她的生命和才华，她不能死而无憾。更令人感到遗憾的是只差十多天的时间，她没有能看到“四人帮”的覆灭。

“四人帮”垮台后我两次去西湖，都没有到她的墓前献花，因为这样的墓是不存在的。我知道有骨灰盒，但骨灰盒还不如心上的祭坛，在我的心上那位正直、善良的女诗人的纪念永远不会褪色。我两次经过白乐桥，都是坐在车子里匆匆地过去，眼前一片绿色，什么也没有看清楚，可是我眼里有一位老太太拄着手杖带笑地不断挥手！

离开杭州我就去北京参加茅盾同志的追悼会。

在人民大会堂新疆厅里休息，我坐在丁玲同志旁边。她忽然对我说：“我忘记不了一个人：方令孺。她在我困难的时候，主动地来找我，表示愿意帮忙。我当时不敢相信她，她来过几次，还说：‘我实在同情你们，尊敬你们……’她真是个好人。”我感谢丁玲同志讲了这样的话。九姑自己没有谈过三十年代的这件事情。

怀念振铎[1]

一

一九五八年振铎在苏联遇难，当时我正在莫斯科，得到消息最早，我总疑心是在做梦。考虑半天，我才对冰心大姐讲了，她同我一起站在大会主席台上，旁边还有几位苏联作家，我们不便大声讲话，我只记得冰心说了一句："我想他最后在想什么。"她没有告诉我她的想法，我也没有多问。第二天在回国的航机上，我一直想着振铎，我想知道，他最后在想什么？

在北京分别的情景还在眼前。我们竟会变得那样简单，那样幼稚，会相信两三个月后在共产主义社会再见。那个中午，他约我在一家小饭馆吃饭，我们头脑都有些发热，当时他谈得最多的就是这个。他忽然提起要为亿万人的幸福献身。他很少讲这一类的话，但是从他的一举一动我经常感受到他那种为国家、为人民献身的精神。不为自己，我认识他以前，读他的文章，就熟悉了他的为人。他星一样闪烁的目光注视着我，我能感觉到他那颗火热的心。机窗外大朵大朵的白云

1　本文于一九八九年春动笔，一九九八年十二月至一九九九年一月修改、续写，终未完稿。

飘过，不过三个月的时间，难道我们就只能在这一片“棉花”中再见了？我安全地回到北京，机场上看不到任何熟悉的面孔，眼前有只大手若隐若现仿佛等着和我握手，我心里一惊，伸出手去，什么也没有。真的告别了！

进了城见到曹禺，他刚说出“振铎”二字声音就变了。我本来想从他那里求得一线希望，结果是我们两人含着泪奔赴郑家。在阴暗的星子里，面对用手绢掩了眼睛、小声哭泣的郑大嫂，我的每句话都显得很笨拙，而且刺痛自己的心。匆匆地逃出来，我拉着曹禺的手要奔往“共产主义”，我不知道它在什么地方，失去的老友约我在那里相见。回旅馆我一夜没有闭眼。我发见平日讲惯了的豪言壮语全是空话。

我参加了振铎的追悼会。大厅里看见不少严肃的面容，听到不少令人尊敬又使人揪心的悼词，我的眼光却找不到一个朋友，连曹禺也没有来。我非常寂寞。永别了，我无法找到他约我见面的那个地方！

四十年过去了。

二

四十年中，我只写过一篇哀悼他的文章，是从莫斯科回来后为报社匆匆写成的，只简单地写下我心目中的郑振铎。以后有机会重读，头一两次还觉得可以应付过去，多读几遍，忽然感到内疚，好像侮辱了朋友。这种奇特感觉我也不知道是怎样来的。但有一件事我永远忘记不了。同他在一起，或者吵架或者谈过去的感情，他从不为自己。我看到敌伪时期他住过的小屋，为了“抢救”宝贵的图书，他宁愿过艰苦的生活，甚至拿生命冒险。看到他那些成就，即使像我这样一个外行，我也愿以公民的身份，向他表示感谢。他为我们民族保存了多少财富！

振铎是因公逝世的。后来听见一位朋友说，本来要批判他，文章已经印好，又给抽掉了。这句话使我很不舒服。

一九五八年我们在北京分别的时候，几座大的博物馆正在那里兴建。他谈起以后开馆的计划，他是那么兴奋。他多年来的心愿就要成为现实，那样堂皇庄严的建筑将体现一个民族的过去和将来。多么光辉的未来。仿佛有一股热、一道光从他身上传过来。以后我每次上北京开会，看到耸立在眼前的博物馆，我第一个念头便是振铎满脸笑容走出来迎接我："又来了。"我伸出手去，却什么也没有。一切梦都消失了。我还是不能忘记他。

我手边有不少他的著作，书上有他的签名。我们应当是多年的朋友了。有一天和几位友人闲谈，有一位中年朋友质问我说："你记得不记得介绍你进文艺界的是郑振铎，不是别人！"他说得对，振铎给上海《时事新报》编辑《文学旬刊》时，我用佩竿的名字寄去小诗《被虐待者的呼声》和散文《可爱的人》，都给发表了。我还给振铎写过两封短信，也得到回答。但不知怎样，我忽然写不下去，也就搁下笔了。我还记得我在成都的最后一年（一九二二——一九二三），深夜伏案写诗，隔一道门大哥坐在轿内，或者打碎窗玻璃，或者低声呻吟，我的笔只能跟着他的声音动，并不听我指挥，一些似懂非懂的句子落在纸上，刺痛我的心。大哥的病又发作了。几个晚上都写不成一首诗，也就无法再给振铎寄稿。离家乡初期常常想家，又写过一些小诗投寄给一些大小刊物，在妇女杂志和成都的《孤吟》发表过。以后在上海武昌路景林堂谈道寄宿舍住下来补习功课，整天就在一张小桌和一张小床前后活动，哪里想得到"小诗"，也不用说文学作品，更不曾给振铎写过信。不但当时我忘记了它们，就是在今天我也没有承认它们是文学作品。否则我就会把《灭亡》手稿直接寄给振铎了。圣陶先生的童话《稻草人》

我倒很喜欢，但我当时并没有想到圣陶先生，他是在开明书店索非那里偶然发见我的手稿的。我尊敬他为“先生”，因为他不仅把我送进了文艺界，而且他经常注意我陆续发表的作品，关心我的言行。他不教训，他只引路，树立榜样。今天他已不在人间，而我拿笔的机会也已不多，但每一执笔总觉得他在我身后看我写些什么，我不敢不认真思考。

三

我不曾参加文学研究会，圣陶和振铎都是我的前辈。有一段时期我经常同振铎一起搞文学编辑工作。起初我有些偏执，就文论稿，常常固执己见；他比我宽松、厚道，喜欢帮助年轻人，我很少见他动怒，但是对人对事他也认真。我同他合作较多，中间也有吵架的时候。其实不是吵架，是我批评他，我为那几篇文章今天还感到遗憾。在《文学季刊》停刊的话中有一段批评他的文字，当然没有写出他的姓名，我只是训斥那些翻印古书、推销古书的人，我根据传闻，误认为停刊《文学季刊》是他的主意。

我这段文字并不曾与读者见面。不久《文学季刊》停刊号在上海印刷，振铎发见那段文字就把它删去了，杂志印出来，我也没有别的办法，只是在另一本刊物上针对他发表了一篇杂感。但他并不作声，好像不曾读过。我和振铎之间往来少了些，可是友谊并未受到损伤，他仍然关心我，鼓励我。

日子久了，了解较深，他搜集古籍，“抢救”古书，完全出于爱国心，甚至是强烈的爱国心。他后来的确在这方面作出了极大的努力。我看够了日本侵略军的阴谋活动，我熟悉《四世同堂》中老少人物的各种生活。敌人的枪刺越来越近了，我认为不能抱着古书保护自己，即使是稀世瑰宝,在必要的时候也不惜让它与敌人同归于尽。当时是我想得太简单了,缺乏冷静的思考。我只讲了一些空话。他从未提及它们,他也不曾批评我。后来我感觉到没有争论的必要,过去的分歧很快地消失了。那时我们都在上海,各人做自己的工作,也有在一起的时候，我还记得一九三六年十月鲁迅先生的遗体在万国殡仪馆大厅大殓时,振铎站在我身边用颤抖的手指抓住我的膀子,浑身发抖。不能让先生离开我们！——我们有共同的感情。

以后还有类似这样的事情。

我似乎更多地了解他了。

四

不仅是了解他,我更了解我自己。也可以说我开始了解自己。

我常常回想过去,我觉得我了解别人还是从了解自己开始的。有一种力量逼着我拿自己同他相比,他做了些什么,我做了些什么,他是怎样做的,我是怎样做的,是真是假,一眼看明。

我渐渐注意到我对自己的要求有了一些改变，我看一个作家更重视他的人品,我更加明确做人比为文更重要。我不知说过多少次在纸上写字是在浪费生命,我不能尽说空话,我要争取做到言行一致。写了若干年的文章,论别人,也讲自己,好像有了一点心得,最要紧的就是:写文章为了改变生活;说得到也要做得到。话是为了做才说的。了解这些,花了我不少时间,但究竟了解多少还难说。

我批评他“抢救”古书,批评他保存国宝,我当时并不理解他,直到后来我看见他保存下来的一本本珍贵图书，我听见关于他过着类似小商人生活,在最艰难、最黑暗的日子里,用种种办法保存善本图书的故事,我才了解他那番苦心。我承认我不会做他那种事情,但是我把他花费苦心收集起来、翻印出来的一套一套的线装书送给欧洲国家文化机构时,我又带着自豪的感情想起了振铎。

五

回顾自己的言行,认真分析每一句话,看每一件事情,我得了一些好处,这也就是一点进步吧。不用别人提说,自己就明白有了什么失误,动脑筋想办法改正错误。不过我并不曾作道歉或改正的表示。

这是内心的自省。我交朋友即使感到有负于人,即使受良心的折磨,我也不作形式上的悔过。这种痛苦超过良心的责备。但十七年中间发生了变化,自己不知从什么地方找到一种面具,戴上它用刻刀在上面刻上奇形怪状,反而以丑为美。再发展下去,便是残害人类的十年,将人作狗。我受了不少折磨和屈辱。我接触了种种不能忍受的非人生活。

振铎有幸,未受到这种耻辱。近年来我和朋友们经常谈起这位亡友,都说他即使活到"文革",也过不了那一关。我反复思索,为什么我过得了关而他过不了?我终于想出来了:他比我好;他正,正直而公正。他有一身的火,要烧掉从各方来的明枪暗箭。站在批判台上,"造反派"逼我承认自己从未说过的假话。那种吃人模样的威逼严训像用油锅熬煎我的脑子,我忍受了这个活下来,我低头弯腰承认了他们编造的那一切胡话,这样我才可以顺利过关。否则我的骨灰也不知丢到哪里去了。

根据这几十年的经验,我能忍才能过那一个一个的难关。这并不是容易的事:忍受奇耻大辱。我一直认为,活着是重要的,活着才能保护自己，伸张正义。而不少在“运动”中，在“文革”中被人整死的人和所谓“自绝于人民”的人，就再找不到说话的机会，也不能替自己辩护了。关于他可以由人随意编造故事，创写回忆，一时出现多少知己。

我忍受了十年的侮辱。固然我因为活下去，才积累了经验，才有机会写出它们；但我明白了一点：倘使人人都保持独立思考，不唯唯诺诺，说真话，信真理，那一切丑恶、虚假的东西一定会减少很多。活命哲学和姑息养奸不能说没有联系。以死抗争有时反能产生震撼灵魂的效果。

以上的话在这里也显得多余，因为振铎没有能够等到“文革”。我参加了“文革”，每一次遭受屈辱，就想到他，也想到其他许多人，拿自己同他们比较，比来比去，多少有点鼓舞的作用。努力学习别人的长处，我决不忘记。

六

今天又想起了振铎，是在病房里，我已经住了四年多医院了。病上加病，对什么事都毫无兴趣，只想闭上眼睛，进入长梦。到这时候才知道自己是个无能的弱者，几十年的光阴没有能好好地利用，到了结账的时候，要撒手也办不到。悔恨就像一锅油在火上煮沸，我的心就又给放在锅里煎熬。我对自己说：“这该是我的最后的机会了。”我感觉到记忆摆脱了我的控制，像骑着骏马向前奔逃，不久就将留给我一片模糊。

怀念丰先生[1]

丰一吟同志来信要我谈一点我和她父亲交往的情况。我近来经常感冒，多动一动就感到疲劳，但生活还是忙乱，很少有冷静思考的时间。在我居住的这个城市里噪音很多，要使脑子安静下来，实在不容易，思想刚刚进入“过去”，马上就有古怪的声音把它们拉回来。过去、现在和将来常常混在一起，要认真地回忆、思考，不知道从哪里做起。

得到一吟同志的信以后，我匆匆想过几次，我发见我和她父亲之间并没有私人的交往。

我觉得奇怪。按情理我们应当成为往来密切的朋友，第一，子恺先生和我都是在开明书店出书较多的作者；第二，三十、四十年代中我的一些朋友常常用亲切、友好的语言谈起子恺先生，他们中间有的人同他一起创办了立达学园，有的人是这个学校的学生；第三，我认为他是人道主义者，而我的思想中也有人道主义的成分；第四，不列举了。……想来想去，惟一的原因大概是我生性孤僻，不爱讲话，不善于交际，不愿意会见生人，什么事都放在心里，藏在心底，心中盛不

1 写于一九八一年五月三十一日。

下,就求助于纸笔。我难得参加当时的文艺活动,也极少在公开的场合露面。早在三十年代我就有这样的想法:作家的名字不能离开自己的作品。今天我还坚持这个主张。作家永远不能离开读者,永远不能离开人民。作为读者,我不会忘记子恺先生。

我现在完全说不出什么时候第一次看见丰先生（我后来就习惯这样地称呼子恺先生),也讲不清楚当初见面的情景,可是我还记得在南京念书的时候,是在一九二四年吧,我就喜欢他那些漫画。看他描写的古诗词的意境,看他描绘的儿童的心灵和幻梦,对我是一种愉快的享受。以后一直是这样。一九二八年底从法国回来我和索非住在一起,他在开明书店工作,我的第一部小说《灭亡》要在开明书店出版。索非常常谈起丰先生,也不止一次地称赞他“善良、纯朴”。他又是一种辛勤的劳动者,我看到他的一本接一本的译著和画集。他介绍了西方艺术的基本知识,他讲述西方音乐家的故事,他解释西方绘画发展的历史;他鼓吹爱护生物,他探索儿童的精神世界。……我没有见过他,但我的脑子里有一个“丰先生”的形象:一个与世无争、无所不爱的人,一颗纯洁无垢的孩子的心。我并不完全赞成他的主张,但是我敬重他的为人。我不仅喜欢他的漫画,我也爱他的字,一九三〇年我翻译的克鲁泡特金的《自传》脱稿,曾托索非转请丰先生为这书写了封面题字,我不用多说我得到他的手迹时的喜悦。这部印数很少的初版本《我的自传》就是惟一的把我和那位善良、纯朴的艺术家连在一起的珍贵的纪念品了。

我在记忆里搜索，可以说是一无所得，我已经没有条件深思冥想了。

在抗战前我从索非那里经常知道丰先生的工作情况和生活细节。后来我读到他自己的文章亲切地描述他在家乡安静的写作生活,然后是战火爆发、侵略军逼近家乡，他同家人仓皇逃难。从此他从浙江，去江西、湖南、广西，再去四川。这期间我也到过不少的地方。我说不出什么原因，我同他不曾有过任何的联系，可是他的脚迹始终未从我的眼前消失。他在各地发表的散文，能找到的我全读了。阅读时我就像见到老朋友一样，感到亲切的喜悦。他写得十分朴素、非常真诚，他的悲欢、他的幸和不幸紧紧地抓住我的心。抗战期间我在重庆开明书店遇见过他，谈过几句话，事后才想起这是丰先生。另一次我和一个朋友到他在沙坪坝的新居去看望他。记不起我们谈了些什么，时间并不长，但是我保留着很好的印象，他仍然是那样一个人：善良纯朴的心，简单朴素的生活，他始终愉快地、勤奋地从事他的工作。一九四二年七月我还在成都祠堂街开明书店买了一幅他的亲笔漫画，送给我一个堂兄弟，为了激发他（堂兄弟）的高尚的情操。

上海解放后，我几次见到丰先生和一吟同志，听说他要翻译日本著名的《源氏物语》，他开始自学俄文，并表示要学好俄文才去北京。我相信他有毅力做好这两件事。果然他在一九五九年去北京出席了全国政协的会议，他从俄语翻译的文学作品也陆续出版。（在“四人帮”下台之前，我就听一位老友讲他正在阅读丰先生翻译的《源氏物语》全部手稿。）他一直不知疲倦地在工作。我们有时一起参加学习，他发言不多。今天我还隐约记得的只是他在一九六二年上海二次文代会上简短的讲话，他拥护“百花齐放，百家争鸣”的文艺方针，他反对用大剪刀剪冬青树强求一律的办法，他要求让小花、无名的花也好好开放。三个月后他又发表了散文《阿咪》。这位被称为“辛勤的播种者”的老艺术家不过温和地讲了几句心里话，他只是谈谈生活的乐趣，讲讲工作的方法。他做梦也没有想到要“反”什么，要向什么“进攻”。但是不多久台风刮了起来，他的讲话，他的漫画（《阿咪》的插图——“猫伯伯坐在贵客的后颈上”)一下子就变成了“反社会主义”的毒草。我也背上了一个沉重的包袱,上海第二次文代会上我第一个发言,大谈《作家的勇气和责任心》,我带头“发扬民主”,根据过去的经验我当时也有点担心,但料不到风向变得这样快。一方面我暗中抱怨自己不够沉着,信口讲话,我的脑子也跟着风在转向,另一方面我对所谓“引蛇出洞”的说法想不通,有意见。听见人批评《阿咪》,我起初还不以为然,但是听的次数多了,我也逐渐接受别人的想法,怀疑作者对新社会抱有反感。纵然我不曾写批评文章,也没有公开表态,但是回想起这一段时期自己思想的变化,我不能不因为没有尽到“作家的责任心”而感到内疚:在私下议论时我不曾替《阿咪》讲过一句公道话。其实我也不能苛求自己,我就从未替我那篇发言讲过一句公道话。那个时候好像有一种强大的压力把我仅有的一点独立思考也摧毁了。接着的几年中间我仿佛在海里游泳,岸在远方,我已经感到精力不够了。但是我仍然用力向前游去。

于是“文化大革命”开始了。我参加亚非作家北京紧急会议后回到上海,送走外宾之前我到作家协会分会开会,大厅里就挂着批判我那篇讲话的“兴无灭资”的大字报。那天受批判的是一位不久就被迫跳楼的文学评论家,我被邀请坐在“上座”,抬起眼便看见对面一张揭露我的“罪行”的大字报。我知道,我送走客人后,大祸就临头了。我还装出若无其事的样子,其实心里很害怕。我盼望着出现一个奇迹:我得到拯救,我一家人都得到拯救。自己也知道这是妄想。我开始承认自己“有罪”,开始用大字报上的语言代替了自己的思考。朋友们同我划清了界限,其实大多数的熟人都比我早进“牛棚”,用不着我同他们划清界限了。丰先生便是其中之一,我不曾到过他的家,但我知道他住在陕西南路一所西班牙式的小洋房里。我去作协分会开会、学习、上班的时候，要经过他的弄堂口，我向人打听，他早在六月就被定为“反动学术权威”受到批判和折磨了。

我也给戴上了“反动学术权威”的帽子，这只是几顶帽子中的一顶，而且我口服心服地接受了。我想：既然把我列为“权威”，我不是“反动的”，难道还是“革命的”？我居然以为自己“受之无愧”，而且对丰先生的遭遇也不感到愤慨。在头两年中我甚至把“牛棚”生活和“批斗”折磨当作知识分子少不了的考验。我真正相信倘使茹苦含辛过了这一关，我们就可以走上光明大道。我受批斗较晚，关入“牛棚”一年后才给揪上批斗场。我一直为自己能不能过好这一关担心。我还记得有一天到“牛棚”去上班，在淮海中路陕西路口下车，看见商店旁边墙上贴着批判丰子恺大会的海报，陕西路上也有。看到海报，我有点紧张，心想是不是我的轮值也快到了？当时我的思想好像很复杂，其实十分简单，最可笑的是，有个短时期我偷偷地练习低头弯腰、接受批斗的姿势，这说明我是心甘情愿地接受批斗，而且想在台上表现得好。后来我真的上了台，受到一次接一次的批斗，我的确受到了“教育”：人们都在演戏，我不是演员，怎么能有好的表现呢？

批斗以后我走过陕西路搭电车回家，望见那些西班牙式洋房，我就想起丰先生，心里很不好过：我都受不了，他那样一个纯朴、善良的人怎么办呢?！一天我看见了他。他不拄手杖，腋下夹了一把伞，急急地在我前面走，胡子也没有了，不像我在市政协学习时看见他的那个样子。匆匆的一面，他似乎不曾看见我，我觉得他倒显得年轻些了。看见多一个好人活下来，我很高兴。我以为他可以闯过眼前的这一关了。

但是事情不会是这么简单。不知道从什么地方又刮来一阵狂风，所谓“批黑画”的运动开始了。当时的“上海市委书记”徐景贤挥舞大棒做报告随意点名，为人民做过不少好事的艺术家又无缘无故地给揪出来做靶子，连《满山红叶女郎樵》的旧作也被说成“反对三面红旗”的毒草。《船里看春景》中的水里桃花倒影也给当作“攻击人民公社”的罪证。无情的批斗已经不能说服人了，它只有使我看出：谁有权有势谁就有理。从那个时候起我开始懂得人们谈论的社会效果是怎么一回事情。我逐渐明白：像棍子一样厉害的批评常常否定了批评本身。棍子下得越多越是暴露了自己。最初我真的相信批斗我是为了挽救我。但是经受了长期批斗之后，我才明白那些以批斗别人为乐的人是踏着别人的尸首青云直上的。我已经成了一个虔诚的信徒，忽然发见一切符咒都是随意编造，我不能靠谎言过日子，必须动动自己的脑筋。眼睛逐渐睁大，背上的包袱也就逐渐减轻。我不再惶恐，不再害怕，不再有有罪的感觉。脑子活动了，思想多起来了，我想起给捣毁了的杭州的岳飞庙和跪在岳坟前的四个铁像，我仿佛见到了新的光明。那不就是用“莫须有”罪名害人的人的下场吗？

我不再替丰先生担心了。人民喜爱的优秀艺术家的形象是损害不了的，我不再相信“四人帮”能长期横行了，但是我没有想到他们会垮得这样快，更没有想到丰先生会看不到他们的灭亡。在现今的世界上画家多长寿，倘使没有那些人的批斗、侮辱和折磨，丰先生一定会活到今天。但是听说他一九七五年病死在一家医院的急诊间观察室里。在上海为他开过两次追悼会，我都没有参加：第一次在一九七五年九月，我还不曾得到解放，他也含着冤屈；第二次在一九七八年六月，我在北京开会，他终于得到了平反昭雪。没有在他的灵前献一束鲜花，我始终感到遗憾。优秀的艺术家永远让人怀念。但是我不能不想：与其在死后怀念他，不如在生前爱护他。让我们牢牢地记住这个惨痛的教训吧。

怀念老舍同志[1]

我在悼念中岛健藏先生的文章里提到一九七七年九月二日虹桥机场送别的事。那天上午离沪返国的，除了中岛夫妇外，还有井上靖先生和其他几位日本朋友。前一天晚上我拿到中岛、井上两位赠送的书，回到家里，十一点半上床，睡不着，翻了翻井上先生的集子《桃李记》，里面有一篇《壶》，讲到中日两位作家（老舍和广津和郎）的事情，我躺在床上读了一遍，眼前老是出现那两位熟人的面影，都是那么善良的人，尤其是老舍，他那极不公道的遭遇，他那极其悲惨的结局，我一个晚上都梦见他，他不停地说："告诉朋友们，我没有问题。"总之，我睡得不好。第二天一早我到了宾馆陪中岛先生和夫人去机场。在机场贵宾室里我拉着一位年轻译员找井上先生谈了几句，我告诉他读了他的《壶》。文章里转述了老舍先生讲过的"壶"的故事[2]，我说这样

1　写于一九七九年十二月十五日。

2　井上的原文（吴树文译）——

"老舍讲的故事，内容是这样的：很久以前，中国有一个富翁，他收藏有许多古董珍品。后来他在事业上失败了，于是把收藏的古董一件件变卖，最后富翁终于落魄成为讨饭的乞丐。然而即使成了乞丐，有一只壶，他是怎么也不肯割爱的，他带着这只壶到处流浪。当时，另外有一个富翁知道了这件事，他千方百计想要获得这只壶，富翁出了很高的价钱想把壶买到手，虽经几次交涉，乞丐却坚决不脱手。就这样过了好几年，乞丐已经老态龙钟，连走路都十分困难了。富翁便给乞丐房子住，给乞丐饭吃，暗中等着乞丐死去，没多久，乞丐衰老之极，病死了。富翁高兴极了，觉得盼望已久的这一天终于来临，可是谁知道，乞丐在咽气之前，把这只壶掷到院子里，摔得粉身碎骨。"

的故事我也听人讲过，只是我听到的故事结尾不同。别人对我讲的“壶”是福建人沏茶用的小茶壶。乞丐并没有摔破它，他和富翁共同占有这只壶，每天一起用它沏茶，一直到死。我说，老舍富于幽默感，所以他讲了另外一种结尾。我不知道老舍是怎样死的，但是我不相信他会抱着壶跳楼。他也不会把壶摔碎，他要把美好的珍品留在人间。

那天我们在贵宾室停留的时间很短，年轻的中国译员没有读过《壶》，不了解井上先生文章里讲些什么，无法传达我的心意。井上先生这样地回答我：“我是说老舍先生抱着壶跳楼的。”意思可能是老舍无意摔破壶。可是原文的最后一句明明是“壶碎人亡”，壶还是给摔破了。

有人来通知客人上飞机，我们的交谈无法继续下去，但井上先生的激动表情给我留下深刻的印象，他告诉同行的佐藤女士：“巴金先生读过《壶》了。”我当时并不理解为什么井上先生如此郑重地对佐藤女士讲话，把我读他的文章看作一件大事。然而后来我明白了，我读了水上勉先生的散文《蟋蟀罐》（一九六七年）和开高健先生的得奖小说《玉碎》（一九七九年）。日本朋友和日本作家似乎比我们更重视老舍同志的悲剧的死亡，他们似乎比我们更痛惜这个巨大的损失。在国内看到怀念老舍的文章还是近两年的事。井上先生的散文写于一九七〇年十二月，那个时候老舍同志的亡灵还作为反动权威受到批斗。为老舍同志雪冤平反的骨灰安放仪式一直拖到一九七八年六月才举行，而且骨灰盒里也没有骨灰。甚至在一九七七年上半年还不见谁出来公开替死者鸣冤叫屈。我最初听到老舍同志的噩耗是在一九六六年年底，那是“造反派”为了威胁我们讲出来的，当时他们含糊其辞，也只能算作“小道消息”吧。以后还听见两三次，都是通过“小道”传来的，内容互相冲突，传话人自己讲不清楚，而且也不敢负责。只有在虹桥机场送别的前一两天，在衡山宾馆里，从中岛健藏先生的口中，我才第一次正式听见老舍同志的死讯，他说是中日友协的一位负责人在坦率的交谈中讲出来的。但这一次也只是解决了“死”的问题，至于怎样死法和当时的情况中岛先生并不知道。我想我将来去北京开会，总可以问个明白。

听见中岛先生提到老舍同志名字的时候，我想起了一九六六年七月十日在人民大会堂同老舍见面的情景。那个上午北京市人民在人民大会堂举行支援越南人民抗美斗争的大会，我和老舍，还有中岛，都参加了大会的主席团，有些细节我已在散文《最后的时刻》中描写过了，例如老舍同志用敬爱的眼光望着周总理和陈老总，充满感情地谈起他们。那天我到达人民大会堂（不是四川厅就是湖南厅），老舍已经坐在那里同当时的北京市副市长王昆仑在谈话。看见老舍我感到意外，我到京出席亚非作家紧急会议一个多月，没有听见人提到老舍的名字，我猜想他可能出了什么事，很替他担心，现在坐在他的身旁，听他说：“请告诉朋友们，我没有问题……”我真是万分高兴。过一会中岛先生也来了，看见老舍便亲切地握手、寒暄。中岛先生的眼睛突然发亮，那种意外的喜悦连在旁边的我也能体会到。我的确看到一种衷心愉快的表情。这是中岛先生最后一次看见老舍，也是我最后一次同老舍见面，我哪里想得到一个多月以后将在北京发生的惨剧！否则我一定拉着老舍谈一个整天，劝他避开，让他在精神上有所准备。但有什么办法使他不会受骗呢？我自己后来不也是老老实实地走进“牛棚”去吗？这一切中岛先生是比较清楚的。我在一九六六年六月同他接触，就知道他有所预感，他看见我健康地活着感到意外的高兴，他意外地看见老舍活得健康，更加高兴。他的确比许多人更关心我们。我当时就感觉到他在替我们担心，什么时候会大难临头。他比我们更清醒。

可惜我没有机会同日本朋友继续谈论老舍同志的事情。他们是热爱老舍的,他们尊重这位有才华、有良心的正直、善良的作家。在他们的心上、在他们的笔下他至今仍然活着。四个多月前我第二次在虹桥机场送别井上先生,我没有再提“壶碎”的问题。我上次说老舍同志一定会把壶留下,因为他热爱祖国、热爱人民,他虽然含恨死去,却留下许多美好的东西在人间,那就是他那些不朽的作品,我单单提两三个名字就够了:《月牙儿》、《骆驼祥子》和《茶馆》。在这一点上,井上先生同我大概是一致的。

今年上半年我又看了一次《茶馆》的演出,太好了!作者那样熟悉旧社会,那样熟悉旧北京人。这是真实的生活。短短两三个钟头里,我重温了五十年的旧梦。在戏快要闭幕的时候,那三个老头儿(王老板、常四爷和秦二爷)在一起最后一次话旧,含着眼泪打哈哈,“给自己预备下点纸钱”,“祭奠祭奠自己”。我一直流着泪水,好些年没有看到这样的好戏了。这难道仅仅是在为旧社会唱挽歌吗?我觉得有人拿着扫帚在清除我心灵中的垃圾。坦率地说,我们谁的心灵中没有封建的尘埃呢?

我出了剧场脑子里还印着常四爷的一句话:“我爱咱们的国呀,可是谁爱我呢?”完全没有想到,一个熟悉的声音在追逐我。我听见了老舍同志的声音,是他在发问。这是他的遗言。我怎样回答呢?我曾经对方殷同志讲过:“老舍死去,使我们活着的人惭愧……”这是我的真心话。我们不能保护一个老舍,怎样向后人交代呢?没有把老舍的死弄清楚,我们怎样向后人交代呢?一九七七年九月二日井上先生在机场上告诉同行的人我读过他的《壶》,他是在向我表示他的期望:对老舍的死不能无动于衷!但是两年过去了,我究竟做了什么事情呢?

我不能不感到惭愧。重读井上靖先生的文章、水上勉先生的回忆、开高健先生的短篇小说，我也不能不责备自己。老舍是我三十年代结识的老友。他在临死前一个多月对我讲过："请告诉朋友们，我没有问题……"我做过什么事情，写过什么文章来洗刷涂在这个光辉的（是的，真正是光辉的）名字上的浊水污泥呢？

看过《茶馆》半年了，我仍然忘不了那句台词："我爱咱们的国呀，可是谁爱我呢？"老舍同志是伟大的爱国者。全国解放后，他从海外回来参加祖国社会主义建设事业，他是写作最勤奋的劳动模范，他是热烈歌颂新中国的最大的"歌德派"，一九五七年他写出他最好的作品《茶馆》。他是用艺术为政治服务最有成绩的作家。他参加各项社会活动和外事活动，可以说是把整个生命和全部精力都贡献给了祖国。他没有一点私心，甚至在红卫兵上了街，危机四伏、杀气腾腾的时候，他还拿着事先准备好的发言稿，到北京市文联开会，想以市文联主席的身份发动大家积极参加"文化大革命"，但是就在那里他受到拳打脚踢，加上人身侮辱，自己成了"文化大革命"专政的对象。老舍夫人回忆说："我永远忘不了我自己怎样在深夜用棉花蘸着清水一点一点地替自己的亲人洗清头上、身上的斑斑血迹，不明白是哪里出了问题，不明白为什么会闹成这个样子……"

我仿佛看见满头血污包着一块白绸子的老人一声不响地躺在那里。他有多少思想在翻腾，有多少话要倾吐，他不能就这样撒手而去，他还有多少美好的东西要留下来啊！但是过了一天他就躺在太平湖的西岸，身上盖了一床破席。没有能把自己心灵中的宝贝完全贡献出来，老舍同志带着多大的遗憾闭上眼睛，这是我们想象得到的。

"为什么会闹成这个样子？"去年六月三日在北京八宝山公墓礼堂参加老舍同志的骨灰安放仪式，我低头默哀的时候，想起了胡絜青同志的那句问话。为什么呢……？从主持骨灰安放仪式的人起一直到我，大家都知道，当然也能够回答。但是已经太迟了。老舍同志离开他所热爱的新社会已经十二年了。

一年又过去了。那天我离开八宝山公墓的时候，我忽然想起一位外籍华人、一位知名的女作家的谈话，她说："中国的知识分子是很了不起的，他们是忠诚的爱国者。西方的知识分子如果受到'四人帮'时代的那些待遇、那些迫害，他们早就跑光了。可是中国的知识分子，不管你给他们准备什么条件，他们能工作时就工作。"这位女士脚迹遍天下，见闻广，她不会信口开河。老舍同志是中国知识分子最好的典型，没有能挽救他，我的确感到惭愧，也替我们那一代人感到惭愧。但我们是不是从这位伟大作家的惨死中找到什么教训呢？他的骨灰虽然不知道给抛撒到了什么地方，可是他的著作流传全世界，通过他的口叫出来的中国知识分子的心声请大家侧耳倾听吧："我爱咱们的国呀，可是谁爱我呢？"

请多一点关心他们吧，请多一点爱他们吧。不要挨到太迟了的时候。

话又说回来，虽然到今天我还没有弄明白，老舍同志的结局是自杀还是被杀，是含恨投湖还是受迫害致死，但有一点是可以肯定的：人亡壶全，他把最美好的东西留下来了。最近我在北京出席第四次全国文代会，没有看见老舍同志我感到十分寂寞。有一位好心人对我说："不要纠缠在过去吧，要向前看，往前跑啊！"我感谢他的劝告，我也愿意听从他的劝告。但是我没有办法使自己赶快变成《未来世界》中的"三百型机器人"，那种机器人除了朝前走外，什么都看不见。很可惜，"四人帮"开动了他们的全部机器改造我十年，却始终不曾把我改造成机器人。过去的事我偏偏记得很牢。

老舍同志在世的时候，我每次到北京开会，总要去看他，谈了一会，他照例说：“我们出去吃个小馆吧。”他们夫妇便带我到东安市场里一家他们熟悉的饭馆，边吃边谈，愉快地过一两个钟头。我不相信鬼，我也不相信神，但是我却希望真有一个所谓“阴间”，在那里我可以看到许多我所爱的人。倘使我有一天真的见到了老舍，他约我去吃小馆，向我问起一些情况，我怎么回答他呢？……我想起了他那句“遗言”：“我爱咱们的国呀，可是谁爱我呢？”我会紧紧捏住他的手，对他说：“我们都爱你，没有人会忘记你，你要在中国人民中间永远地活下去！”

《冰心著作集》后记[1]

有一天我同冰心谈起她的著作，说是她的书应该在内地重印。她说："这事情就托给你去办吧。"我答道："好，让我给你重编一下。"就这样接受下来她的委托。我得到作者的同意，把编好的三册书交开明书店刊行。

这重编的工作其实是十分简单的。原先已有了北新书局出版的《冰心全集》。现在我改用了《冰心著作集》这个总名。对三册分集，除了诗集没有增添外，小说集后面增加了《冬儿姑娘》、《西风》等数篇，散文集后面加入《游记》和《新年试笔》两篇。抗战后新写的《默庐试笔》，及译作《先知》一册，因原稿散失，一时无法找到，只好从阙，俟找到后再行补入。

十几年前我是冰心的作品的爱读者（我从成都搭船去渝，经过泸县，我还上岸去买了一册《繁星》），我的哥哥比我更爱她的著作，（他还抄过她的一篇小说《离家的一年》）。过去我们都是孤寂的孩子，从她的作品那里我们得到了不少的温暖和安慰。我们懂得了爱陆地，爱海，而且我们从那些亲切而美丽的语句里重温了我们永久失去了的

---

1 《冰心著作集》（开明书店一九四三年版），冰心著。本文写于一九四一年一月，重写于一九四二年十二月。

母爱。(我记得《超人》里的那个小孩,他爱他的母亲,也叫我们爱我们的母亲。世界上真的有不爱母亲的人么?)现在我不能说是不是那些著作也曾给我加添过一点生活的勇气,可是甚至在今夜对着一盏油灯,听着窗外的淅沥的雨声,我还能想起我们弟兄从书上抬起头相对微笑的情景。我抑制不住我的感激的心情。固然我们都是三十几岁的人了,可是世间还有着不少的孤寂的孩子。对那些不幸的兄弟,我想把这《冰心著作集》当作一份新年礼物送给他们,希望曾经温暖过我们的孩子的心的这册书,也能够给他们在寒冷的夜间和寂寞的梦里送些许的温暖吧。

巴金（左）与冰心（右）、夏衍在一起

致冰心

冰心大姐:

今天吴殿熙同志又给我送来您的礼物,来得意外,我太高兴了。为了您那句话:金坚玉洁的友情。

关于生日我觉得很有趣,我六七岁的时候祖父过生,我不肯行礼还挨过打。我祖父活了六十六岁。他最后一个生日过得特别热闹,我在小说里描写过这个场面。我六十六岁的生日却是在批斗中、"游斗"中度过的,当时我被当作"牛鬼"。没有想到一眨眼我就过了八十七,似乎还要活下去,已经有资格当"人瑞"了。现在不想过生也不行,想"躲生"也不行。我们社会一天天老化的时候,多活就是一种成就。只要闭眼养神,就算是对得起自己,何必管闲事发牢骚,何必动脑筋讲真话,而且提倡讲真话,劝人讲真话!? 有些人讨厌我,以为我爱说真话,其实我讨厌自己,正是因为我那些年假话讲得太多,我总得把债还清,我不想白吃干饭。

您对李辉说叫巴金不要那样忧郁,那样痛苦(大意),难道您不知道正是因为我发见自己讲了假话,想不到还债的办法,而感到苦恼!?

我痛苦,但是我并不悲观。我觉得自己不被别人理解,但是我有那么多的朋友。我有您这样一位大姐,这是我的幸运。正如我几次对您说的那样,您的存在就是一种力量。我也要争取做到那样。

吴殿熙来讲起您的近况。他回家后会告诉您在我家里见到的一切。最近两个月我的健康情况略有好转,因此为《全集》做了点工作。但出版社做事很慢,我这里只拿到十六卷,昨天给吴青寄去了。

北方天气转寒,请多多保重。祝

好!

巴金

九一年十二月[1]

问候吴青全家

冰心大姐:

到杭州将近一月,下星期就要回家。昨天给您写了一封信,写到一张半,觉得情绪不对,又在发牢骚,没有意思,索性把它作废,另起炉灶,简单地写几句。先说我的情况,我的身体比来时好些,但老实说应该是一年不如一年,这次到杭州火车停下来,别人搀我下车,我几乎不能走路。现在我拄着手杖或者推着助步器还可以走几步,这说明上半年我的身体很差。我只讲自己,没有问您的近况,因为徐钤、祁鸣从北京带给我您的录像带,他们代我去探望您,把我引到您的客厅,分别九年之后我又见到您,还是那样谈笑自如,那样风趣,还谈起我的"生活秘书"吴小平,那个写信要您签名送书的小青年。

我很累,不写下去了。想不到写这短信也很吃力,我看,我的脑子有毛病。但信总是要写的。即使写字不成形,我还是不能丢掉我这支

1 写于一九九一年十二月五日。

秃笔。那么再见吧！请多多保重。祝

好！

巴金

五月九日，九四年[1]

问候您全家。

冰心大姊：

来杭州以前就准备今年十月四日从西湖给您发个电报，只有几个字：祝您生日快乐。一句极平常的话。说明我真实的感情，这多好！可是后来改变了主意还是通电话，没有想到五日那天您到医院里躲生去了。不能让您听到我的声音，也没有能听到您那有风趣的讲话，不用说，有点失望，但也可以说抱着更大的希望：明年想个办法给您拜生、给您祝寿吧。

我常说身体一年比一年差，这是真话，不过我看也有反过来的时候。的确最近手又不抖了，自己感觉精神良好，乐观起来，常常做同您见面的梦。

祝

生日快乐！

巴金

九四年十月八日[2]

问候吴青、陈恕和您全家。

1 写于一九九四年五月九日。

2 写于一九九四年十月八日。

冰心大姐：

您好！

好久不给您通信了，很想念您。我躺在床上，不能看书、看报，不能写字，整天看着头顶上的天花板。医生说还得再这样躺一个月。我时常想起您，时常听人谈起您，就好像我们还经常见面一样。一年又过去了，我们似乎又都老了一岁，但是您是思想不老的人，永远年轻，我要向您学习。我不能拿笔亲自给您写信。我找端端给我代笔，向您问好，祝贺您新年万事如意，早日恢复健康。

问好全家。

小弟巴金

九四年十二月三十一日[1]

于华东医院

端端代笔

冰心奶奶：

妈妈、爸爸和我在这里给您拜年。

端端

冰心大姊：

读到您的求信，高兴极了。这是我熟悉的您的手迹。它说明您的

1 写于一九九四年十二月三十一日。

身体渐渐地好起来了。我的病情也有好转，赶快把这个好消息告诉您,让我们互相安慰吧,让我们互相鼓励吧。请保重。祝

好!

小弟巴金

九五年五月二十七日[1]

1 写于一九九五年五月二十七日。

悼范兄[1]

昨夜窗外落着大雨，刚刚修补好的屋顶，阻止不了雨水的浸泻，我用一个面盆做武器，跟那接连不断的雨滴战斗。我躺在床上，整夜发着高热，不能闭上眼睛，那些时候我都想起你，我善良仁厚的亡友。我的心燃烧着，我的身体燃烧着，但我的头脑却是清醒的。在这凌乱地堆满家具和书报的宽大楼房的黑暗中展开了十二年的友情。你的和蔼的清瘦的面颜，通过了十二年的漫长岁月，在这雨夜里发亮。在闽南一个古城的武庙中，我们第一次握手，这是我最初从你的亲切的话里得到温暖和鼓舞。没有经过第三个人的介绍，我们竟然彼此深切地了解了。是社会改革的伟大理想把我们拉拢的。你为着自己的理想劳苦了二十年，你把你的心血、精力、肌肉都献了给它，人们看见你一天天地瘦下去，弱下去。一直到死，你没有停止过你的笔和唇舌。

我没有忘记：就是在十二年前那个南国的秋天里，我们在武庙的一个凉台上喝着绿豆粥，过了二三十个黄昏，我们望着夜渐渐地从庭前两棵大榕树繁茂的枝叶间落到地上，畅快地谈论着当前的社会问题和美丽的未来的梦景。让我们热情的声音，在晚风中追逐。参加谈

1　写于一九四一年六月十七日夜，重庆沙坪坝。

话的人,我记得有时是五个,有时是六个。他们如今散处在四方,都还活得相当结实,却料不到偏偏少了一个你。

在朋友中你是一个切实的人。即使在侈谈梦景的时候,你也不曾让热情把你引到幻想的境域里去。在第一次的闲谈中我就看出来,甚至当崇高的理想在你脸上发光的时候,你也仍旧保持着科学的头脑。靠着你,我多知道一些事情,我知道怎样节制我的幻想,不让夸张的梦景迷住了我的眼睛。凉台上的夜谈并不是白费的。至少对我已经发生影响了。

在那个古城里,我们常常同看秋夜的星空。在那些夜里我也曾发着高热,喝着大碗神曲汁,但是亿万的发光的生命,使我忘记了身体的燃烧。从星球的生命中,我更了解了"存在界"的意义。你告诉我许多关于星球的事,让我知道你怎样由宇宙问题的探讨,而构成了你的生活哲学。

白天你又从外面那些浮着绿萍的水沼、水潭里带回来一杯、一瓶的污水,于是在你的书桌上、显微镜下面展开了一滴水中的世界,使我看见无数的原生动物的活动与死亡。

在你这里我看见了那无穷大的世界,在你这里我也看见了那无穷小的世界。我知道人并不是宇宙的骄子,我知道生命无处不在,我知道生命绵延不绝。你的生活哲学影响了我的。你的待人的态度也改变了我的。倘使我今天从我的生活中完全抽去了你的影响,则我将成为一个忘恩的人而辜负了亡友的期望了。

你不是一个空谈家,也不是一个发号施令的英雄。在武庙凉台上的夜谈中你就显露了你的真实面目。谦逊、大度、勤勉、刻苦,这都是你的特点。你不是一个充满夺目光彩的豪士,也不是一个口若悬河的辩才。你是用诚挚,用理智,用坚信,用恒心来感动人的。别人把崇高的理想用来做成自己头顶上的圆光的时候，你却默默地在打算怎样为它工作,为它牺牲。所以你牺牲了健康,牺牲了家庭幸福,将自己的心血作为燃料,供给那理想多放一点光辉,却少有人知道你的名字,或者还有些不做一事的人随意用轻蔑的态度抹煞了你的工作。

的确在生前你是常常被人误解的。有人把你看作一个神经质的肺病患者,有人把你视为一个虚伪的道学家,还有人以为你只是一个被生活担子压得透不过气来的读书人。有好多次那些狂妄的、或者还带有中伤意味的话点燃了我的怒火,我愤慨地、热烈地争辩,我甚至愿意挖出我的心,只为了使友人能够更明白地了解你。我这争辩自然是没有用处的,我的话并不曾给你的面影增加光彩。后来还是你自己用你的笔、你的唇舌、你的工作精神、你的生活态度把许多颗年轻的心拉到你的身边，还是你自己用这些把别人投掷在你的面影上的污泥洗去,是你自己拨开了那些空谈家的烟雾,直立在人们的面前,不像一个病人,却像一个战士,一个被称为“生命的象征”的战士(一个朋友称你作“生命的象征”,她这话的确不错)。

诚然十二年前我就知道你是一个肺病患者，而且我们也想得到有一天你终于会死在这个不治之症上。但是和你在一起时我却始终忘记你是一个病人。你的思想、你的言语和你的行为都不带丝毫的病态。人们从你的身上看不到一点犹疑,一丝悲观,一毫畏怯。你不寻求休息,却渴望工作。你在各处散布生命,你应该是一个散播生命种子的人。十几年前你写过歌颂战士的文章,到临死你还写出了《生之欢乐》。你最后留下遗言,望年轻人爱真理向前努力。

在《战士颂》中你坦白地说过:“我激荡在这绵绵不息、滂沱四方的生命洪流中,我就应该追逐这洪流,而且追过它,自己去制造更广、更深的洪流。我如果是一盏灯,这灯的用处便是照彻那多重的黑暗。

我如果是海潮，便要鼓起波涛去洗涤海边一切陈腐的积物。”

在《生之欢乐》的开端，你更显明地承认：“有人把人生当作秕糠，我却以为它是谷粒。有人把人生视同幻梦，我却以为它是实在。有人把人生作为苦乐，我却以为它是欢乐。有许多人以人生为苦恼、黑暗、艰难、乏味、滞钝、不自由、憎恨、丑恶、柔弱的象征，我却认为人生是爱、美、光明、自由、活泼、有为、创造、进步的本身。”

你还勇敢地叫喊：“人生的美、爱、力量，都是从奋斗中创造出来的。所以人不是环境的奴隶，而是环境的主人……从奋斗的人格中，我们窥见生之光明，生之进步，生之有为，生之自由……人生的解释受了积极思想的指导，人将为自由、为光明、为爱、为美、为创造、为进步而生，因此人将与压迫、黑暗、暴行、丑恶搏斗。燧石因相击而生火，人则由奋斗而尝到生之欢乐。”

我从未听见过像这么美丽的洋溢着生命的战歌！在朋友中就只有你一个人是这么热情地在各处散布生命，鼓舞希望！在一个孩子的纪念册上你写着：“希望是人生所需要的，人如没有希望，何异江河涸了流水。”你这条江一生就没有涸过流水。不但这样，而且你这条江更投入在“那个人类生活的大海里”，用你自己的话“在大海里你得到了伟大的生命力，发见了不灭的希望”，的确一直到死，你没有失掉希望。

你和我都曾歌颂过战士，我们的战士所用的武器，不是枪和刀，却是知识、信仰，和自己的意志。他把自己的意志锻炼成比枪刀更锋利、更坚实、更耐久的东西。他永远追求光明。他并不躺在晴空下面享受阳光，他却在暗夜里燃起火炬给人们照亮道路。对于他，生活便是不停的战斗。他不是取得光明而生存，便是带着满身伤痕而死去。你正是这类战士的一个典型，你从不知道灰心与绝望，你永没有失去青春的活力。

“除非他死，人不能使他放弃工作。”这是我称誉战士的话。你确实做到了这个地步。甚至在你的最后两年间，你的肺病已经进入第三期，你受着那么大的肉体痛苦的折磨，在死的黑影的威胁下，你还实践了你那“以有限的余生，为社会文化、思想运动作最后努力”的约言，完成了《科学与人生》、《达尔文》、《科学方法精华》三部译著。这许多万字，都应该是在“胸部剧痛”和“咳嗽厉害”中写成的。最后躺在死床上，你还努力写着你那篇题作《理想社会》的文章。可见一直到死都是些什么事情牵系住你的心。

十几年来你努力跟死挣扎，你几次征服了死，最后终于给死捉了去。这应该是一个悲剧。但是想到你怎样在死的威胁下努力工作，又以怎样的心情去接受死，我觉得这是一个壮观。一个朋友说，临死的你比任何强健的友人“都更富于生命力”！另一个青年友人却因为你以濒死之躯竟能够如此平静地保持着“坚决的信心和旷达的态度”而感到惭愧。一个温柔的女性的心灵曾经感动地为你写下这样的赞辞：“透过那为病菌磨枯了的身体，我望见了一个比谁都富于生命的欣欣向荣的灵魂！永远不绝望，永远在求生——为工作而生。”我应该给她添上几句：而且像一个播种的农夫，永远在散播生命的种子。你以一种超人的力量平静地吞食了那一切难忍的病痛，将它们化作生命的甘泉而吐出来。难道世间还有比这更强健的人？还有比这更美丽的生命的表现？

自然在你一生中，经济的压迫与生活的负担很少放松过你。要是换上一个环境，你也许至今还在美国的实验室里度着岁月。你也并不是没有“向上爬”的机会。对你的生活有决定影响的更不是经济的压迫。你为了理想才选取现在走的这条路，而且也是为了理想才选取了过去所走过的路。甘愿过着贫苦生活，默默地埋头工作，在绝望的情形下苦苦地支持着你的教育事业，把忌恨和责难全引到自己的身上，一直到用尽了自己的力量，使事情告一个段落，才又默默地卸下两肩的责任，去到另一个地方开始接受新的工作。倘若单是为了个人的生活，你不会让工作把你的身体磨到这样；倘若单是为了个人的生活，你又不会有那么坚强、充实的精力，在患病垂危的最后二年间还做出那样多的事情。

通观你的一生，你始终把握着战士的武器。你的一生就是意志征服环境的一个最有力的表现，你做了许多在你的处境里似乎是不可能的事情。你在艰苦的环境中锻炼自己，创造自己，只为了来完成更大的工作。你终于留下不少的成绩和不小的影响而去了。你的死使我想到了法国大革命时期的启蒙学者龚多塞，他在服毒以前安静地写下了遗言："科学要征服死。"我又想起一个躺在战场上的士兵，他看见自己的胜利的旗帜在敌人的阵地上飘扬，才安然闭上燃烧的眼睛。

有了这样辉煌的战绩以后，你对自己的死应该没有遗憾了。你是完成了你的任务以后才倒下的。而我们呢？作为你的朋友的我们，至少我是没有理由来哀悼你的。失去了这个散布生命的人，失去这个"生命的象征"，像这样一个生命的壮观如今竟然在我们的面前永久消去，我们应该感到何等的寂寞。我们应该为这个巨大的损失悲痛。

在这里我不敢提说到个人的私谊，这几年来我已经失掉不少能够了解我、鼓舞我、督责我、安慰我、帮助我的友人，如今又失去这个不可少的你！十二年来的关切、鼓励、期望、扶助（我永不能忘记"八·一三"以后两个月你汇款给我的事，那时你自己也是相当困苦的），现在都成了一阵烟，一阵雾。我在成都得到你的死讯回来，读到你生前寄出的告别信。我读了开头的几句："无论属于公的或属于私的，我有千言万语需要对你说，但我无从说起。”我只有伏在书桌上淌泪，范兄，我不是在为你流泪，我是在哭我自己。

在你的告别信里还有两段我不能卒读的话，我不知道你是怎样把它们写下来的，你甚至带点残酷地说：

自去年冬至节以后，忽然变成终日喘哮不绝，且痰塞喉间，乎卢乎卢作响，咽喉剧痛，声音全部哑失。现由中西医诊断，谓阴历十二月一个月为生死关键。

最近几个月来我已受够了病的痛苦，因为喉痛，连鲜牛乳、鸡汁都不能自由地吃。四肢和身躯已成枯柴，仅剩了骨和不光泽的皮。我已不能自己穿衣，不能自己研墨执笔，我的身体可说完全失了自由。

在我们这些活着的友人中间有谁受过这样痛苦的病的折磨？又有谁能够忍受这一切而勇敢地一直工作到死？更有谁在自己就要失去生命的时候还能够那么热情地到处散布生命，写出洋溢着生命的歌颂生之欢乐的文章？倘若有一天我也到了你这样的境地，我不知道自己是否可以保持着你的十分之一的勇敢和热情，像一个战士那样屹立在人世的波涛中间？我更担心自己是否还可以像你那么宁静，那么英勇地去迎接死？

今天仍旧在这间堆满家具和书报的宽大楼房里，窗外街中响着喧嚣的汽车声，尘土和炎热不断地落到我的头上、身上、手上和纸上。时间已是开篇所谓“昨夜”后的第四天了，我的高热刚刚退尽。这几天里我不能够做别的事情，我就只想到你，我善良仁厚的亡友。你现在永远地离开我们了。一直到最后你还给我们留下一个战士的榜样，你还指示我们一个充实的生命的例子，你对自己、对朋友都可以说是毫无遗憾的。正如我在前面说的那样，你是尽了你的战士的任务躺下了,你把这广大的世界和这么多待做的工作留给我们。继续你的遗志前进,这正是作为你的友人的我们的责任。范兄!你静静地安息吧,我不能再辜负你的殷切的期望了。

从炎热的下午到了阴雨的深夜,雨洗去了闷热,但也给我带来寂寞。而且这是带点悲凉味的寂寞。一切都睡去了,除了狗吠和蛙鸣。十二年的友情又来折磨我的心。我从凌乱的书桌上,拿起你的信函,你那垂死的手写出来的有力的字迹，正在诉说十二年中间两个友人的故事。武庙中第一次的握手,也就是同样的写这信的手和拿这信的手吧,那么这应该是我们的最后一次的握手了。这样的告别,这是多么可悲痛的告别啊!

但是望着眼前你的活跃的字迹，我能够相信你已经离开了我们这个世界么?

凉风从窗外吹入,我伸出头去望天空,雨天自然没有星光,但是我的眼前并不是一片黑暗。我想起了一颗死去的星。星早已不存在于宇宙间了，但是它的光芒在若干年后才达到地球，而且照耀在地球上。范兄,你就是这样的一颗星,你的光现在还亮在我的眼前,它在给我照路!

写给彦兄[1]

在报纸上看到你的死讯，我觉得心里很空虚。我躺了几个钟头，没有讲一句话。这时候我愿意我能忘记一切，但十几年前的往事偏偏来到我的跟前。是的，我的眼睛不肯休息，它们找回来那些我以为我早已忘却的事情。我看见你穿着一件白衬衫，带着一个本地小孩走到鼓浪屿一家滨海的旅馆里来。在二楼那间宽敞的房间里，畅谈了一点多钟以后，我们成了朋友，那是十四年前的事。那次并不是我们第一次见面，而我知道你的名字，却更早六七年。在中学读书的时候，你的《灯》、你的《狗》感动过我。那种热烈的人道主义的气息，那种对于社会的不义的控诉，震撼了我的年轻的心。我无法否认我当时受到的激励。自然我不能说你给我指引过道路，不过我若说在那路上你曾经扶过我一把，那倒不是夸张的话。我们十三四年的友情就建立在这一点感激上面。我始终没有让你知道我这小小的秘密。其实我何必要告诉你呢？在我们这些分多于聚的十三四年中间，我们也曾一同经历过苦难的日子，分享过朋友畅谈的欢乐。不论在泉州黎明高中的教务室里，上海法租界华北公寓的小房间里，或者上海信义邨的住家，或者桂

1　写于一九四四年八月，重庆。

林福隆街的寓楼，我没有看见你有过十分畅快的笑容。生活的担子重重地压在你瘦削的肩上，它从没有放松过你。这些年你一直在跟它挣扎，你始终不肯屈服，你要畅快地吐一口气。可是你愈挣扎，愈透不过气来，好像这就是对你的惩罚一样。我知道，要是你肯屈服、肯让步、肯妥协，你一定会过得舒适、安乐。你并不是不喜欢舒适和安乐的生活。然而你的性格不让你有片刻的安宁。你的性格使你拖着一大家儿女在各处漂流。在某一点上，你有些像罗亭。这并不是说你能说不能行，我是说你不能适应环境，你不能为自己建立一个安定的窝；你不能为了个人的安乐，忍受任何不公平的待遇。你到处撞，到处碰壁，可是长期的困苦并不曾磨去你的锐气。就是在患病以后，不管躺在床上，或是拄杖缓行，你还是昂着头在撞，你还是因碰壁而恼怒。后来你的声音哑了，结核菌蚕食着你的咽喉，肉体的痛苦跟随死亡的逼近一天天在增加着，你还是不肯放下你的笔，你还是不断地为你创办的《文艺杂志》焦心。到最后，你只能用铃子代替你的语言，你还是没有失去对生命的热望，你还是没有失去求生的意志。在先，没有人称你作一个战士。事实上许多年来你一直在奋斗，你想为你自己，也为别的一些人创造一个较好的环境，可是结果你终于痛苦地死在寂寞和贫穷里，像一个死在战地上的兵士，你没有看见胜利的希望就闭了眼睛。即使有人说你没有留下光辉的战绩（其实你一部分的作品不就是光辉的成就么？），但谁能否认你是一个勇敢的战士呢？

虽然我们之间有着十几年的友情，可是我没有资格论断你。我这里说的只是一个朋友的意见。认识你的人都有着他对你的一种看法。不管他看重你的好处，或者注意你的缺点。你两样都有，因为你是一个人。而且我们谁又没有更多的缺点呢？况且作为一个十几年的朋友，我在你的苦难中给过你够多的助力么？我分尝过你些许的痛苦么？我做过什么减轻你苦难的努力么？那么我还有什么资格在这里絮絮地谈到你，夸张地叙说我们的友情呢？

不，彦兄，你多少知道我一点，那么你会明白你的死使我失去了一些什么东西。正是在两年前，有一天傍晚你从桂林三家村寓所把我送到洋桥，我要你陪我进城，到一家小馆里吃点东西，多谈个把钟头。你因为天晚身体不舒服，不肯进城。我们站在洋桥头，随便地谈了一刻钟的闲话，然后你支着手杖一拐一拐地走了。我望着你那歪斜地走着的身影在逐渐加浓的夜色中消去，我的心忽然隐隐地痛起来，泪水迷糊了我的视线。彦兄，我不是在为你哭，我是在哭自己。我那时就想到在你身上也活着我一部分活动、快乐的岁月，它们快要跟着你死去了。这些年我哭过世弥、哭过范兄、哭过憾翁，现在又轮着我来哭你。每次我都在埋葬，我不是在埋葬你们（自有你们的亲属来使你们的遗体得到安息），我是在埋葬我自己的一部分。那就是跟着几个朋友遗体埋葬了的一些岁月，在那里面也许还有些金沙似的发光的东西。现在即使年岁能够倒流，我也找不到像你们那样的印证的人了。

今天，我坐在那间陈设凌乱的书店办公室里，对着一盏昏暗的电灯，给你写这封诀别的信，这一封你已无法看见、而我不得不写它们。门外是一条热闹的大街，隔壁戏园刚刚散场，一大群人的脚步和笑语，潮水似的在门外流过。接着又是小汽车急驶的声音，然后又是一男一女在大声相骂。一个卖炒米糖开水的小贩走过了。两个女人叽里刮啦地走过了，又有人在大声喊"煮两碗抄手"。只隔着一堵墙！在门外，人们在享乐，在活动，在笑，在吵。在我这里却只有老鼠啃字纸的小声音，伴着我的，是寂寞，是一些折磨着我的回忆，还有一颗饱受熬煎的痛苦的心。永别了，我的亡友，在敌骑践踏的星子岩的土地中，你的睡眠不会是安适的吧。但是我们不久就会回到你身边来的。那时我要在你墓前背诵《灯》里面求母亲收回那颗爱人类的心的哭诉,《狗》里面那些漠视弟兄痛苦的自责。我还要告诉你,我怎样在我们两人都喜欢的地方——“鼓浪屿”去寻找我们的脚迹。当你知道你是怎样地活在朋友们的心中时，你或者会原谅这个未能在你最痛苦的时刻来到你身边的友人吧。

怀念均正兄[1]

过去朋友们常常称赞我“记性好”。现在像梦中一样，不少两三年前发生的事情在我的脑子里都只剩下一片白雾，说起来令人不相信，老友顾均正兄逝世的时候，我接到从北京寄来的讣告，读到他的儿子小铨的来信，十分难过，想起许多事情，我说要把它们写下来，这也是我的一部分的生活记录，可是我不曾写，一拖就是几年。今天拿起笔想写一点对亡友的怀念，却连他去世的年月也记不清楚了。

那么我从哪里写起呢？

四十年代我在上海和均正兄住在同一个弄堂[2]里。解放后，五十年代初他全家搬到北京，我仍留在上海。我去北京开会，每次总要到西堂子胡同去看他们夫妇，照例受到他们亲切、热情的接待。这几乎成了惯例，要是一次不去，我就像丢失了什么似的。我出国访问，经常把在北京穿的、用的衣物存放在他们家里，从国外回来，在旅馆住下后就去西堂子胡同取箱子。一九五二年十月我从朝鲜回来，萧珊带着女儿住在顾家等我，我们做了他们家的客人，一个星期中我常常听见

1 写于一九八三年十二月十三日。

2 今淮海坊，当时名为霞飞坊。

女儿说:“顾家阿姨真好!”一九六五年十月我从越南回来,萧珊给我送衣服到北京。我们同去西堂子胡同,均正兄和国华嫂用丰盛的午餐款待我们,我们告辞的时候,国华嫂拉住萧珊连声感谢。萧珊笑着说:“你们这样感谢,我们要再来打扰你们。”他们的感谢并不是客套话,只是出于他们的谦虚和好客。萧珊并没有想到这是她最后一次到北京,而且也是最后一次同均正夫妇见面了。

第二年六月初我再去北京出席亚非作家紧急会议,“文革”已经开始,我们中国代表团的一位同志把我从机场送到招待所,分别的时候,低声对我说:“你不要随便出去找朋友,哪些人有问题,还弄不清楚。”我大吃一惊。前两三个月我接到均正兄来信说他们搬了家,并告诉我他们在幸福村的新地址。信我带来了,我相信像均正兄这样一个忠厚、善良的知识分子不会有问题,可是会议紧张,我也不便“出去找朋友”。到七月十日上午,会议已告一个段落,我去人民大会堂参加中国人民支援越南人民抗美斗争大会。在休息室里我意外地遇见均正兄,还有老舍同志,大家都很高兴,会前坐在一起闲谈,有一种劫后重见的感觉。大会结束,我们走下主席台,握手告别,均正兄带着他那和善的笑容邀我到他们的新居“小叙”。我请他代我向国华嫂问好,我说我还要陪外宾一起活动,没有时间去幸福村了。他说:“那么下次一定来。”我说:“一定来。”

没有想到一别就是十二年。我第一次到幸福村的时候萧珊的笑声仿佛还在耳边,但陪伴我上楼的只能是女儿小林了。

“文革”期间遗留下的后遗症终于发了出来。我一病就是两年,没有再去过北京。一九八二年我起初行动不便,写字困难,后来生疮,再后跌断左腿,住进医院半年后瘸着腿回到家中。最近我又因“帕金森氏症”第二次住院治疗。这一层楼病人不多,病房里十分清静,我常常坐在沙发上休息，回想过去的事情，想来想去，也想不起我是怎样认识顾均正兄的。那么一定是由于索非的介绍吧，他在开明书店担任编辑工作，是索非的同事。起初我同他交谈不多，我不善于讲话，他也一样。我只知道他工作努力；又知道他儿女较多，家庭负担较重。他翻译过西方的童话，写过普及科学知识的著作，白天上班，晚上写作，十分勤恳。朋友们谈起来，总是赞他正直、善良。在狄思威路[1]麦加里，他和索非住在一条弄堂内，我在索非家住了一个时期，见面机会多，我们就熟起来了。这是三十年代中的事情。以后我和他们家又同住在霞飞坊里。起初我单身住在索非家，进出弄堂，都要经过他们家后门口，孩子们看见我总要亲热地招呼；后来我去香港和内地，又回到成为“孤岛”的上海，他们一家仍然平静地过着艰苦的生活。他和索非，还同另一个朋友一起创办了一份小刊物《科学趣味》，他发表了不少科学小品和科学幻想小说，不论长短文章，写作态度都是严肃认真的。日本投降后，我和萧珊带着不到一岁的小林回来，索非已经离开上海，我和均正兄一家往来更加密切。我有事找开明书店交涉，就托他带口信。我们经常见面，但很少长谈。他忙，那时又在给开明书店编写教科书，因家中人多，挤在一起，不方便，只好早睡，等到夜深人静便起来写作。他有什么办法呢？一家人都靠他的笔生活。他从来不发牢骚，只知道默默工作，埋头编写。我去找他，总是看见他那淡淡的笑容。我认为他勤劳半生不应当生活得这样艰苦，我为他感到不平。他却带笑说：“以后会好起来的。”

他相信未来，是有根据的。其实我的生活也并不好，不过我一家

1　今溧阳路。

三口人，支出少一些。我一向靠稿费生活，当时蒋介石政权的法币不断贬值，每天在打折扣，市场上可买的东西很少，钞票存起来，不论存在银行或者存在家里，不到几天就变得一文不值。起初我和萧珊眼睁睁看着钞票化成乌有，后来也学会到林森路[1]去买卖“大头”[2]，把钞票换成银元，要购买东西时再把银元换成钞票。我上街总要注意烟纸店门口挂的银元牌价。在那些日子要活下去的确不是容易的事。均正夫妇关心我们一家的生活，国华嫂在家务上经常给萧珊出点主意帮点忙。不久解放大军渡过长江，南京解放，上海形势更紧张，稿费的来源断绝，我没有收入，又没有储蓄，不知道怎样度日。我和萧珊正在为这个发愁，均正夫妇来了，告诉我们，开明书店发给他们“应变费”十天一次十块银元，他打算代我向书店交涉“借支版税”。我当然同意。第二天他就给我送来大洋十元，说是借支办法和他们一样。我感谢他，我的困难给解决了。我大概借支了两次“版税”，上海就解放了，我们都有活路了。

他仍然在开明书店工作，我却经常离开上海出席各种会议。第二年他跟着书店迁往北京，就一直住在首都，生活的确好起来了。后来开明并入新成立的中国青年出版社，他也到青年出版社工作。他参加了民主党派，社会活动也增多了。我每年总要到他家去两三次，见面时无所不谈，却又谈不出什么，只是互相表示关心而已。

我想起一件事：一九五四年上半年他从北京来信，打算把我的童话集《长生塔》介绍给一家出版社。我把底本寄去了。过了一段时间，

---

1 今淮海路。

2 当时称银元为“大头”。

底本给退了回来，均正来信说他读了稿子不大理解，拿给小儿子读，小儿子也说不懂。我自己重读了一遍，却觉得童话并不像西方现代派作品那样难懂。我猜想，这是他自告奋勇向出版社推荐我的童话，出版社拒绝接受，他碰了钉子就把责任放在自己肩上。我了解他，以后再见他时也从未提过《长生塔》的事情。

萧珊没有到过幸福村，也不曾见到"文化大革命"的收场，她过早地离开了人间。小林比我先去幸福村。一九六六年下半年我回到上海，在作协分会靠边受审查的时候，小林和同学们串联到北京，她去过均正夫妇家。国华嫂告诉小林，作协分会的"造反派"某某人去北京"外调"到过顾家，要了解我的"反社会主义言行"。国华嫂气愤地说："不用怕，他没有反社会主义的言行。""造反派"气冲冲地走了，什么好处也没有捞到。她不知道所谓"外调"不过是花国家的钱做长途"旅游"，你没有"言行"，"造反派"可以替你编造言行。反正以"莫须有"的罪名定罪杀人古已有之。我的罪状越来越多，罪名越来越大。不久我进了"牛棚"，与世隔绝，小林和萧珊都因为我的缘故受到了批判和歧视。均正兄一家的音信断绝了。我担心他们也会遭到噩运。但在失去做人资格的当时，我一直过着低头弯腰、朝不保夕的生活，哪里敢打听朋友们的情况。萧珊患了不治之病，得不到适当的治疗，躺在床上挨日子，想念过去的岁月，怀念旧时的友人，最后入院前忽然得到北京沈从文寄给我的一封长信，她含着眼泪拿着信纸翻来覆去地看，小声地自言自语："还有人记得我们啊。"我多么感谢这位三十年代的老友！他从一位在我们干校的亲戚那里打听到我仍然住在原处，便写了信来。几个月后，均正兄的一个孩子出差到上海，找到我们家，给我带来不少我们很想知道的朋友们的消息。他们一家除了他一个姐姐遭到不幸外，都平安无事。可惜萧珊见不到他了。

这以后顾家的孩子们出差到上海，总要来我家看看。见到他们我仿佛又看见均正兄的和善的笑容，受到国华嫂热情的接待。

“四人帮”垮台以后，一九七八年我去北京出席全国人大会议。会后我留下来看朋友，小林也到了北京。我离开十二年，对北京的大街小巷和交通车辆，都感到陌生，住在旅馆里，出门搭车全靠小林带路，几次去幸福村，都是小林陪同去的。第一次去，均正兄不在家，国华嫂说他在参加民主促进会的会议，不回家吃中饭，便叫小铨打电话通知他。不久他高兴地回来了。久别后重逢，大家都感到格外亲热，似乎想说的话很多，却不知从哪里说起，只谈了一点彼此的情况。他们夫妇的变化好像不大，“文革”期间可能比我少吃些苦头，值得庆幸。但交谈起来我们都小心避免碰到彼此的伤痕，他们失去一个女儿，我失去了萧珊。我们平静地相对微笑，关心地互相问好，在幸福村的小屋里，坐在他们的身旁，我感到安稳和舒适。我第一次体会到“淡如水”的交情的意义。我就这样坐了两三个钟点，还在他们家吃了中饭，下午小林要陪我去看别的朋友，我不想离开他们，但也只好告辞走了。

第二年我出国访问，从北京动身。在上海的时候我听说均正兄患病，据说是“骨刺”，又说是“癌”，小林陪我到北京医院探望。在一个设备简单的底层单人病房里，均正兄侧着身子躺在床上呻吟，国华嫂在旁边照料。我走到床前招呼他。他对我微笑，我却只看到痛苦的表情。我没有办法减轻他的痛苦，也找不到适当的安慰的话，我默默地望着那张熟悉的脸，坐了不到半个小时就退出了病房。

我生活忙乱，杂事多，脑子里装满了文字、声音、形象……它们互相排挤，一刻也静不下来。每天从清晨起我就感到疲劳；同客人交谈，不得不时时用力睁开眼睛。我没有足够的精力应付各种意外的干扰，也无法制止体力和记忆力的衰退。我并没有忘记均正兄，但是他的和善的面容和痛苦的微笑常常被闯进脑子里来的生客们一笔勾销。他病中我一共探望过三次,除了在医院那一次外,还有两次都是在幸福村他的家中。第二次去,我看见他坐在藤椅上,不像一个病人,我们谈话不多,但是我不曾见到他的痛苦的表情,我感到心上轻松。第三次看见他,他又侧着身子躺在床上,显然病情恶化了。这一次我什么话也讲不出来,我也不想把他忍受痛苦的印象长留在脑中。我待的时间不长。但也没有想到这就是我们的最后的一面。

然后便是北京来的讣告和小铨的信,告诉我一位勤勤恳恳埋头工作了一生的知识分子的死亡。我再也看不到他那和善的笑容了。即使是最后的痛苦的微笑,我也见不到了。他是那么善良,我从未听见他讲别人的坏话,他也并不抱怨生活。我看见他在病床上忍受巨大的痛苦,却还是那么安静。他默默地死去,不会有什么遗憾吧。他没有浪费过他的时间,他做到了有一分热放一分热,有一分光发一分光。他是一个不自私的人。

我没有去北京参加他的追悼会、向他的遗体告别,作为一个老朋友,觉得有负于他。我尊敬他,但是我学习不了他。像他那样默默地忍受痛苦,我做不到。我最近一次去幸福村是在两年以前,一九八一年十月我三访巴黎归来,仍然由小林陪同,到了顾家,家中冷冷清清,只有国华嫂一人,小铨前一天出差去天津。国华嫂高高兴兴拿这拿那,热情不减当年。家中很安静,很有秩序,国华嫂精神好,讲话多,坐在她的小房间里我仍然像从前那样感到不变的淡如水的友情的温暖,好像均正兄还在出版社办公或者出席什么会议,他并没有离开我们。

怀念胡风[1]

一

最近我在《文学报》上看到一篇关于“胡风丢钱、巴金资助”的短文，这是根据胡风同志过去在狱中写的回忆材料写成的。几年前梅志同志给我看那篇材料时，我在材料上加了一条说明事实的注。胡风逝世已经半年，可是我的脑子里还保留着那个生龙活虎的文艺战士的形象。关于胡风，我一直想写点什么，已经有好几年了，好像有什么东西堵住我的胸口，不吐出来，总感觉到透不过气。但拿起笔我又不知道话从哪里说起。于是我想到了五十年前发生的那件事情，那么就从那里开头，先给我那条简短的注作一点补充吧。

那天我们都在万国公墓参加鲁迅先生的葬礼，墓穴周围有一个人圈，我立在胡风的对面，他的举动我看得很清楚。在葬礼进行的中间，我看见有人向胡风要钱，他掏出来一包钞票，然后又放回衣袋里去。他四周都是人，我有点替他担心，但又无法过去提醒他。后来仪式完毕，覆盖着“民族魂”旗帜的灵柩在墓穴中消失，群众像潮水似的散

1　写于一九八六年八月二十日。

去。我再看见胡风,他着急地在阴暗中寻找什么东西,他那包钞票果然给人扒去了。他并没有向我提借钱的话。我知道情况以后就对当时也在场的吴朗西说:“胡风替公家办事丢了钱,大家应当支持他。”吴朗西同意,第二天就把钱给他送去了,算是文化生活出版社预支的稿费。

我说“公家”因为当时我们都为鲁迅先生丧礼工作,胡风是由蔡元培、宋庆龄等十三人组成的治丧委员会的一个成员,我和靳以、黄源、萧军、黎烈文都是“治丧办事处”的人,像这样的“临时办事人员”大约有二十八九个,不过分工不同。我同靳以、黄源、萧军几个人十月十九日跟着鲁迅先生遗体到胶州路万国殡仪馆,一直到二十二日下午先生灵柩给送到万国公墓下葬,一连三天都在殡仪馆料理各样事情,早去晚归,见事就做。胡风是治丧委员会的代表,因此他是我们的领导,治丧委员会有什么决定和安排,也都由他传达。不过那个时候我们并不十分听领导的话,我们都是为了向鲁迅先生表示敬意主动地到这里来工作的,并无什么组织关系。我们各有各的想法,对有些安排多少有点意见,可是我们又见不到治丧会的其他成员,只好向胡风发些牢骚。我们也了解胡风的处境,他一方面要贯彻治丧会的决定,一方面又要说服我们这些“临时办事人员”。其实,我们这些人也没有多少意见,好像关于下面两件事我们讲过话:一是治丧费,二是送葬行列的秩序。详细内容我已经记不起了,因为后来我们弄清楚了就没有话讲了。不过第二件事,我还有一点印象:当时柩车经过的路线在“公共租界”区域内,两边有骑马的印度巡捕和徒步的巡捕,全都挂着枪。柩车到了虹桥路,巡逻的便是穿黑制服打白裹腿的中国警察,他们的步枪也全装上了刺刀,形势有些紧张,我们怕有人捣乱,引起纠纷,主张在呼口号散发传单方面要多加注意,胡风并不反对这个意见。我记得二十二日柩车出发前,他在廊上同什么人讲话,我走过他跟前,他还对我说要注意维持秩序,不要让人乱发传单。这句话被胡子婴听见了,可能她当时在场,后来在总结会上她向胡风提了意见,说是不相信群众。总结会是治丧会在八仙桥青年会里召开的,人到得不少,也轮不到我讲话,胡风也没有替自己辩护,反正先生的葬仪已经庄严地、平平安安地结束了。通过这一次的"共事",他给我留下这样一个印象,任劳任怨,顾大局。

这是一九三六年的事。我认识胡风大约在这一年或者前一年年底,有一天下午我到环龙路[1]去找黄源,他不在家,胡风也去看他,我们在门口遇见了,就交谈起来。胡风约我到附近一家小店喝杯咖啡,我们坐了一阵,谈话内容我记不起来了,无非讲一些文艺界的情况,并没有谈文艺理论、文学评论方面的问题,因为我从未注意这些问题。说实话连胡风的文章我也读得不多,似乎就只读过他在《文学》杂志上发表的作家评论,此外一九三二年他用"谷非"的笔名写过文章评论《现代》月刊上的几篇小说,也谈到我的中篇《海的梦》,我发表过答辩文章,但也只是说明我并非他所说的"第三种人",我有自己的见解而已。我对他并无反感,他在一九二五年就给我留下了好的印象,他是我在南京东南大学附中的同学,我比他高两班,但我们在同一个课堂里听过一位老师讲世界史。在学校里他是一个活动分子,在校刊上发表过文章,有点名气,所以我记得他叫张光人。但是我们之间并无交往,他甚至不知道我的名字。一九二五年我毕业离校前,在上海发生了五卅事件,我参加了当时南京学生的救国运动。不过我不是活跃分子,我就只有在中篇小说《死去的太阳》中写的那么一点点经验。

---

1 今南昌路。

胡风却是个积极分子，他参加了“国民外交后援会”（？）的工作，我在小说十一章里写的方国亮就是他。虽然写得很简单，但是我今天重读下面一段话：“方国亮痛哭流涕地报告这几天的工作情况，他竟激动到在讲坛上乱跳，他嘶声地诉说他们如何每天只睡两三小时，辛苦地办事，然而一般人却渐渐消沉起来……方国亮的一番话也有一点效果，散会后又有许多学生自愿聚集起来，乘小火车向下关出发……”仿佛还看见他在讲台上慷慨激昂地讲话。他的相貌改变不大。我没有告诉他那天我也是听了他的讲话以后坐小火车到下关和记工厂去的。不久我毕了业离开南京。后来听人说张光人去了日本，我好像还读过他的文章。

一九三五年秋天我从日本回来后，因为译文丛书，因为黄源，因为鲁迅先生（我们都把先生当作老师），我和胡风渐渐地熟起来了，我相当尊重他，可是我仍然很少读他写的那些评论文章，不仅是他写的，别人发表的我也不读，即使勉强读了也记不牢，读到后面就忘记前面。我一直是这样想：我写作靠自己的思考，靠自己的生活，我讲我自己的话，不用管别人说些什么。当时他同周扬同志正在进行笔战，关于典型论，关于国防文学，关于其他。我不认识周扬，两方面的文章我都没有读过，不单是我，其他不搞理论的朋友也是这样。我们只读过鲁迅先生答复徐懋庸的文章，我们听先生的话，先生赞成什么口号，我们也赞成，不过我写文章从来不去管口号不口号。没有口号，我照样写小说。

胡风常去鲁迅先生家，黄源和黎烈文也常去。烈文是鲁迅先生的朋友，谈起先生关心胡风，觉得他有时太热情，又容易激动。胡风处境有些困难，他很认真地在办《海燕》，这是份不定期的文艺刊物，刚出版了两三期，记得鲁迅先生的《出关》就发表在这上面，受到读者的重视。那个时候在上海刊行的文艺刊物不算太少，除生活书店的《文学》、《光明》、《译文》外，还有孟十还编的《作家》、靳以编的《文季月刊》、黎烈文编的半月刊《中流》。黄源编的《译文》停刊几个月之后又改由上海杂志公司发行。此外还有别的。刊物的销路有多有少，各有各的特色，一份刊物团结一些作家，各人喜欢为自己熟悉的杂志写稿。这些刊物不一定就是同人杂志。我们有一个共同的地方：敬爱鲁迅先生。大家主动地团结在先生的周围，不愿意辜负先生对我们的关心。

烈文和我搞过一个文艺工作者的宣言，表示我们抗日救亡的主张。由烈文带到鲁迅先生家请先生定稿、签名，然后抄了几份交给熟人找人签名，来得及就在自己的和熟人的刊物上作为补白刊登出来。我们这些人都没有参加当时的文艺家协会，先生又在病中，也不曾表示态度，所以我们请先生领衔发表这样一个声明。事前事后都没有开过会讨论，也不曾找胡风商量。胡风也拿了一份去找他的熟人签了名送来。发表这宣言的刊物并不多，不过《作家》、《译文》、《文季月刊》等五六种。过三个多月鲁迅先生病逝，再过两个月，到这年年底国民党上海市党部一次查封了十三种刊物，《作家》和《文季月刊》都在内，不讲理由，只下命令。

从我认识胡风到“三批材料”发表的时候大约有二十年吧。二十年中间我们见过不少次，也谈过不少话。反胡风运动期间我仔细回想过从前的事情，很奇怪，我们很少谈到文艺问题。我很少读他的文章，他也很少读我的作品。其实在我这也是常事，我极少同什么人正经地谈过文艺，对文学我不曾作过任何研究，也没有独特的见解。所以我至今还认为自己并不是文学家。我写文章只是说自己想说的话；我编辑丛书只是把可读的书介绍给读者。我生活在这个社会，应当为它服务，我照我的想法为它工作，从来不管理论家讲了些什么，正因为这样我才有时间写出几百万字的作品，编印那许多丛书。但是我得承认我做工作不像胡风那样严肃、认真。我也没有能力把许多有才华的作家、诗人团结在自己的周围。我钦佩他，不过我并不想向他学习。除了写书，我更喜欢译书，至于编书，只是因为别人不肯做我才做，不像胡风，他把培养人才当作自己的责任。他自己说是“爱才”，我看他更喜欢接近主张和趣味相同的人。不过这也是寻常的事。但连他也没有想到建国后会有反胡风运动，他那“一片爱才之心”倒成为“反革命”的罪名。老实说这个运动对我来说是个晴天霹雳，我一向认为他是进步的作家，至少比我进步。靳以跟他接触的机会多一些，他们见面爱开玩笑，靳以也很少读胡风的文章，但靳以认为胡风比较接近党，那是在重庆的时候。以后文协在上海创刊《中国作家》杂志，他们两个都是编委。

我很少读胡风的著作，对他的文艺观也不清楚，记得有一次他送我一本书，我们谈了几句，我问他：为什么别人对你有意见？他短短地回答：“因为我替知识分子说了几句话。”这大概是在一九四八年，他后来就到香港转赴解放区了。我读到他在香港写的文章，想起一件往事：一九四一年春天我从成都回重庆，那是在“皖南事变”之后，不少文化人都去了香港。老舍还留在重庆主持抗战文协的工作，他嘱咐我：“你出去，要告诉我啊。胡风走的时候来找我长谈过。”胡风还在重庆《新蜀报》上发表过五言律诗，是从香港寄来的，前四句我今天还不曾忘记：“破晓横江渡，山城雾正浓，不弹游子泪，犹抱逐臣忠。”写他大清早过江到南岸海棠溪出发的心情，我想起当时在重庆的生活。一九四二年秋天我也到海棠溪搭汽车，不过我是去桂林。不到两年我又回到重庆，仍然经过海棠溪，以后就在重庆住下来。胡风早已回重庆了，他是在日军攻占香港以后出来的，住在重庆乡下，每逢文艺界抗敌协会开理事会，我总会在张家花园看见他。有时我参加别的会或者社会活动，他也在场。有一天下午我出席中苏文化协会主办的鲁迅先生逝世八周年纪念会。会场在民国路文化生活社附近，宋庆龄到会，中苏文协的负责人张西曼也来了，雪峰、胡风都在。会议照预定的议程顺利进行，开了一半宋庆龄因事早退，她一走会场秩序就乱了，国民党特务开始围攻胡风，还有人诽谤在上海的许广平，雪峰出来替许先生辩护，准备捣乱的人就吵起来，张西曼讲话，特务不听，反而训他。会场给那伙人霸占了，会议只好草草结束，我们几个人先后出来，都到了雪峰那里，雪峰住在作家书屋，就在文化生活社的斜对面。我们发了一些牢骚，雪峰很生气，胡风好像在严肃地想什么。我劝他小心，看样子特务可能有什么阴谋。像这样的事还有好些，但是当初不曾记录下来，在我的记忆里它们正在逐渐淡去，我想追记我们交往中的一些谈话，已经不可能了。

二

解放初期我和胡风经常见面。出席第一次全国文代会，我们不是一个团，他先到北平，在南方第一团。九月参加首届全国政协第一次会议，我们从上海同车赴京，在华文学校我们住在相邻的两个房间。我总是出去找朋友，他却是留在招待所接待客人。我们常在一起开会，却很少做过长谈。一九五三年七月我第二次去朝鲜，他早已移居北京，他说好要和我同行，后来因为修改为《人民文学》写的一篇文章，给留了下来。记得文章叫《身残志不残》，是写志愿军伤员的报告文学。胡风同几位作家到东北那所医院去生活过。我动身前两天还到他家去问他，是不是决定不去了。我到了那里，他们在吃晚饭，家里有客人,我不认识,他也没有介绍。我把动身日期告诉他,就告辞走了。我已经吃过饭,提了一大捆书,雇的三轮车还在外面等我。

不久,第二次全国文代会在北京召开,我刚到朝鲜,不便回国参加,就请了假。五个月后我才回国。五四年秋天我和胡风一起出席首届全国人民代表大会,我们两个都是四川省选出的代表,常在一处开会,见面时觉得亲切,但始终交谈不多。我虽然学习过一些文件,报刊上有不少关于文艺的文章,我也经常听到有关文艺方针、政策的报告,但我还是一窍不通。我很想认真学习,改造自己,丢掉旧的,装进新的,让自己的机器尽快地开动起来,写出一点东西。我怕开会,却不敢不开会,但又动脑筋躲开一些会,结果常常是心不在焉地参加许多会,不断地检讨或者准备检讨,白白地消耗了二三十年的好时光。我越是用功,就越是写不出作品,而且戴上了作家帽子就更缺乏写作的时间。最近这段日子由于难治的病,准备搁笔,又给自己的写作生活算一个总账,我想起了下面的三大运动,不由得浑身战栗,我没有在“胡风集团”、“反右斗争”或者“文化大革命”中掉进深渊,这是幸运。但是对那些含恨死去的朋友,我又怎样替自己解释呢?

三

去年三月二十六日中国现代文学馆正式开馆,我到场祝贺。两年半未去北京,见到许多朋友我很高兴,可是我行动不便,只好让朋友们过来看我。梅志同志同胡风来到我面前,她指着胡风问我:“你还认得他吗?”我愣了一下。我应当知道他是胡风,这是在一九五五年以后我第一次看见他。他完全变了,一看就清楚他是个病人,没有什么表情,也不讲话。我说:“看见你这样,我很抱歉。”我差一点流出眼泪,这是为了我自己。这以前他在上海住院的时候,我没有去看过他,也是因为我认为自己不曾偿还欠下的债,感到惭愧。我的心情只有自己知道,有时连自己也讲不清楚。好像是在第二天上午我出席作协主席团扩大会议,胡风由他女儿陪着来了,坐在对面一张桌子旁边。我的眼光常常停在他的脸上,我找不到那个过去熟悉的胡风了。他呆呆地坐在那里,没有动,也不曾跟女儿讲话。我打算在休息时候过去打个招呼,同他讲几句话。但是会议快要告一段落,他们父女就站起来走了。我的眼光送走他们,我有多少话要讲啊。我好像眼睁睁地望着几十年的岁月远去,没有办法拉住它们。我想起一句老话:“见一次就少一次。”我却想不到这就是我和他的最后一面。

后来在上海得到他病逝的消息,我打电报托人代我在他的灵前献一个花圈,我没有讲别的话,现在说什么,都太迟了。我终于失去了向他偿还欠债的机会。

但赖账总是不行的。即使还债不清或者远远地过了期,我总得让后人知道我确实做了一番努力,希望能补偿过去对亡友的损害。

胡风的冤案得到了平反。我读他的夫人梅志写的《胡风传》,很感动,也很难过。他受到多么不公平的待遇。他当时说过:“心安理不得。”今天他大概也不会“心安理得”吧。这个冤案的来龙去脉和它的全过程并未公布,我也没有勇气面对现实,设法知道更多的详情。他们夫妇到了四川,听说在“文革”期间胡风又坐了牢,最后给判处无期徒刑,他的健康才完全垮了下来。在《文汇月刊》上发表的梅志著作的最后一部分,我还不曾读到,但是我想她也不可能把事情完全写出,而且我也没有时间弄清楚我应当知道的一切了,留给我的不过两三年的工夫了。

四

还是来谈反“胡风集团”的斗争。

在那一场“斗争”中，我究竟做过一些什么事情？我记得在上海写过三篇文章，主持过几次批判会。会开过就忘记了，没有人会为它多动脑筋。文章却给保留下来，至少在图书馆和资料室。其实连它们也早被遗忘，只有在我总结过去的时候，它们才像火印似的打在我的心上，好像有一个声音经常在我耳边说：“不许你忘记！”我又想起了一九五五年的事。

运动开始，人们劝说我写表态的批判文章。我不想写，也不会写，实在写不出来。有人来催稿，态度不很客气，我说我慢慢写篇文章谈路翎的《洼地战役》吧。可是过了几天，《人民日报》记者从北京来组稿，我正在作协分会开会，讨论的就是批判胡风的问题。到了应当表态的时候，我推脱不得，就写了一篇大概叫作《他们的罪行应当得到惩处》之类的短文，说的都是别人说过的话。表了态，头一关算是过去了。

第二篇就是《关于胡风的两件事情》，在上海《文艺月报》上发表，也是短文。我写的两件事都是真的。鲁迅先生明明说他不相信胡风是特务，我却解释说先生受了骗。一九五五年二月我在北京听周总理报告，遇见胡风，他对我说：“我这次犯了严重的错误，请给我多提意见。”我却批评说他“做贼心虚”。我拿不出一点证据，为了第二次过关，我只好推行这种歪理。

写第三篇文章，我本来以为可以聪明地给自己找个出路，结果却是弄巧成拙，反而背上一个沉重的精神包袱。事情的经过我大概不会记错吧。我第二次从朝鲜回来，在北京住了一些日子，路翎的短篇《初雪》刚刚在《人民文学》上发表，荃麟同志向我称赞它，我读过也觉得好，还对人讲过。后来《洼地战役》刊出，反应不错，我也还喜欢。我知道在志愿军战士同朝鲜姑娘之间是绝对不允许恋爱的，不过路翎写的是个人理想，是不能实现的愿望。有什么问题呢？在批判胡风集团的时候，我被迫参加斗争，实在写不出成篇的文章，就挑选了《洼地战役》作为枪靶，批评的根据便是那条志愿军和当地居民不许恋爱的禁令。稿子写成寄给《人民文学》，我自己感到一点轻松。形势在变化，运动在发展，我的文章在刊物上发表了，似乎面目全非，我看到一些我自己也没有想到的政治术语，更不知道自己哪里来的权力随意给人戴上“反革命”帽子？看得出有些句子是临时匆匆忙忙地加上去的。总之，读头一遍我很不满意，可是过了一晚，一个朋友来找我，谈起这篇文章，我就心平气和无话可说了。我写的是思想批判的文章，现在却是声讨“反革命”集团的时候，倘使不加增改就把文章照原样发表，我便会成为批判的对象，说是有意为“反革命”分子开脱。《人民文学》编者对我文章的增改倒是给我帮了大忙，否则我会遇到不小的麻烦。就在这一年的《文艺月报》上刊登过一篇某著名音乐家的“检讨”。他写过一篇“彻底揭发”胡风的文章，是在第二批材料发表以后交稿的。可是等到《月报》在书市发售，第三批材料出现了，胡风集团的性质又升级了，于是读者纷纷来信谴责，他只好马上公开检讨“实际效果是替胡风黑帮分子打掩护”。连《月报》编辑部也不得不承认“对这一错误……应该负主要的责任”。这样的气氛，这样的环境，这样的作法……用全国的力量对付“一小撮”文人，究竟是为了什么？那么这个“集团”真有什么不能见人的阴谋吧。不管怎样，我只有一条路走了，能推就推，不能推就应付一下，反正我有一个借口：“天王圣明”。当时我的确还背着个人崇拜的包袱。我想不通，就不多想，我也没有时间苦思苦想。

反胡风的斗争热闹一阵之后又渐渐地冷下去了。他本人和他的朋友们那些所谓“胡风分子”在斗争中都不曾露过面，后来就石沉大海，也没有人再提他们的名字。我偶尔向熟人打听胡风的消息，别人对我说：“你不用问了。”我想起了清朝的“文字狱”，连连打几个冷噤，也不敢作声了。外国朋友向我问起胡风的近况，我支支吾吾讲不出来。而且那些日子，那些年月，运动一个接一个，大会小会不断，人人都要过关。谁都自顾不暇，哪里有工夫、有勇气到处打听不该打听的事情。只有在“文革”中期不记得在哪里看到一份小报或者材料，说是胡风在四川。此外我什么都不知道，一直到“文革”结束，被颠倒的一切又给颠倒过来的时候，被活埋了的人才回到了人间，但已经不是原来的胡风了。

一个有说有笑、精力充沛的诗人变成了神情木然、生气毫无的病夫，他受了多大的迫害和折磨！不能继续工作，再没有比这更痛苦的了。关于他我知道的并不多，理解也并不深。我读过他那三十万言的“上书”，不久就忘记了，但仔细想想好像也没有什么大不对。为了写这篇“怀念”，我翻看过当时的《文艺月报》，又找到编辑部承认错误的那句话。我好像挨了当头一棒！印在白纸上的黑字是永远揩不掉的。子孙后代是我们真正的裁判官。究竟对什么错误我们应该负责，他们知道，他们不会原谅我们。五十年代我常说做一个中国作家是我的骄傲。可是想到那些“斗争”，那些“运动”，我对自己的表演（即使是不得已而为之吧），也感到恶心，感到羞耻。今天翻看三十年前写的那些话，我还是不能原谅自己，也不想要求后人原谅我。我想，胡风作为一个文艺工作者要是没有受到冤屈、受到迫害，要是没有长期坐牢，无罪判刑，他不仅会活到今天，而且一定有不小的成就。但是现在什么也没有了。我还有什么话可说呢？

我是个衰老的病人,思想迟钝,写这样的文章很困难,从开头写它到现在快一年了,有时每天只写三五十个字。我想讲真话,也想听别人讲真话,可是拿起笔或者张开口,或者侧耳倾听,才知道说真话多么不容易。《文汇月刊》上《胡风传》的最后部分我也找来读了。文章未完,他们在四川的生活完全不曾写到,我请求梅志同志继续写下去。梅志称她的文章"往事如烟"。我说:往事不会消散,那些回忆聚在一起,将成为一口铜铸的警钟,我们必须牢牢记住这个惨痛的教训。

我还要在这里向路翎同志道歉。我不认识他,只是在首次文代会上见过几面。他当时年轻,是一位有才华的作家,可惜不曾给他机会让他的笔发出更多的光彩。我当初评《洼地战役》并无伤害作者的心思,可是运动一升级,我的文章也升了级。我不知道他的近况,只听说他丧失了精力和健康。关于他的不幸的遭遇,他的冤案,他的病,我怎样向后人交代?难道我们那时的文艺工作就没有失误?虽然不见有人出来承认对什么"错误应当负责",但我向着井口投掷石块就没有自己的一份责任?历史不能让人随意编造,沉默妨碍不了真话的流传,泼到他身上的不公平的污水也起不了什么作用,只是为了那些"违心之论"我绝不能宽恕自己。

怀念从文[1]

一

今年五月十日从文离开人世，我得到他夫人张兆和的电报后想起许多事情，总觉得他还同我在一起，或者聊天，或者辩论，他那温和的笑容一直在我眼前，隔一天我才发出回电："病中惊悉从文逝世，十分悲痛。文艺界失去一位杰出的作家，我失去一位正直善良的朋友，他留下的精神财富不会消失。我们三十、四十年代相聚的情景还历历在目。小林因事赴京，她将代我在亡友灵前敬献花圈，表达我感激之情。我永远忘不了你们一家。请保重。"都是些极普通的话。没有一滴眼泪，悲痛却在我的心里，我也在埋葬自己的一部分。那些充满信心的欢聚的日子，那些奋笔和辩论的日子都不会回来了。这些年我们先后遭逢了不同的灾祸，在泥泞中挣扎，他改了行，在长时间的沉默中，取得了卓越的成就，我东西奔跑，唯唯诺诺，羡慕枝头欢叫的喜鹊，只想早日走尽自我改造的道路，得到的却是十年一梦，床头多了

1 写于一九八八年九月三十日。本文系《长河不尽流》（湖南文艺出版社一九八九年四月版）代序。

巴金（左）与沈从文

一盒骨灰，现在大梦初醒，却仿佛用尽全身力气，不得不躺倒休息，白白地望着远方灯火，我仍然想奔赴光明，奔赴希望。我还想求助于一些朋友。从文也是其中的一位，我真想有机会同他畅谈。这个时候突然得到他逝世的噩耗，我才明白过去那一段生活已经和亡友一起远去了，我的唁电表达的就是一个老友的真实感情。

一连几天我翻看上海和北京的报纸，我很想知道一点从文最后的情况。可是日报上我找不到这个敬爱的名字。后来才读到新华社郭玲春同志简短的报道，提到女儿小林代我献的花篮，我认识郭玲春，却不理解她为什么这样吝惜自己的笔墨，难道不知道这位热爱人民的善良作家的最后牵动着全世界多少读者的心?! 可是连这短短的报道多数报刊也没有采用。小道消息开始在知识界中间流传。这个人究竟是好是病，是死是活，他不可能像轻烟散去，未必我得到噩耗是在梦中?! 一个来探病的朋友批评我："你错怪了郭玲春，她的报道没有受到重视，可能因为领导不曾表态，人们不知道用什么规格发表讣告，刊载消息。不然大陆以外的华文报纸刊出不少悼念文章，惋惜中国文坛巨大的损失，而我们的编辑怎么能安心酣睡，仿佛不曾发生任何事情?! ”

我并不信服这样的论断，可是对我谈论规格学的熟人不止他一个，我必须寻找论据答复他们。这个时候小林回来了，她告诉我她从未参加过这样感动人的告别仪式，她说没有达官贵人，告别的只是些亲朋好友，厅子里播放死者生前喜爱的乐曲。老人躺在那里，十分平静，仿佛在沉睡，四周几篮鲜花，几盆绿树，每个人手中拿一朵月季，走到老人眼前，行了礼，将花放在他身边过去了。没有哭泣，没有呼唤，也没有噪音惊醒他，人们就这样平静地跟他告别，他就这样坦然地远去。小林说不出这是一种什么规格的告别仪式，她只感觉到庄严和真诚。我说正是这样,他走得没有牵挂、没有遗憾,从容地消失在鲜花和绿树丛中。

二

一百多天过去了。我一直在想从文的事情。

我和从文见面在一九三二年。那时我住在环龙路我舅父家中。南京《创作月刊》的主编汪曼铎来上海组稿,一天中午访我在一家俄国西菜社吃中饭,除了我还有一位客人,就是从青岛来的沈从文。我去法国之前读过他的小说,一九二八年下半年在巴黎我几次听见胡愈之称赞他的文章,他已经发表了不少的作品。我平日讲话不多,又不善于应酬,这次我们见面谈了些什么,我现在毫无印象,只记得谈得很融洽。他住在西藏路上的一品香旅社,我同他去那里坐了一会,他身边有一部短篇小说集的手稿,想找个出版的地方,也需要用它换点稿费。我陪他到闸北新中国书局,见到了我认识的那位出版家,稿子卖出去了,书局马上付了稿费,小说过四五个月印了出来,就是那本《虎雏》。他当天晚上去南京,我同他在书局门口分手时,他要我到青岛去玩,说是可以住在学校的宿舍里。我本来要去北平,就推迟了行期,九月初先去青岛,只是在动身前写封短信通知他。我在他那里过得很愉快,我随便,他也随便,好像我们有几十年的交往一样。他的妹妹在山东大学念书,有时也和我们一起出去走走看看。他对妹妹很友爱,很体贴,我早就听说,他是自学出身,因此很想在妹妹的教育上多下功夫,希望她熟悉他自己想知道却并不很了解的一些知识和事情。

在青岛他把他那间屋子让给我,我可以安静地写文章、写信,也可以毫无拘束地在樱花林中散步。他有空就来找我,我们有话就交谈，无话便沉默。他比我讲得多些，他听说我不喜欢在公开场合讲话，便告诉我他第一次在大学讲课，课堂里坐满了学生，他走上讲台，那么多年轻的眼睛望着他，他红着脸，一句话也讲不出来，只好在黑板上写了五个字“请等五分钟”。他就是这样开始教课的。他还告诉我在这之前他每个月要卖一部稿子养家，徐志摩常常给他帮忙，后来，他写多了，卖稿有困难，徐志摩便介绍他到大学教书，起初到上海中国公学，以后才到青岛大学。当时青大的校长是小说《玉君》的作者杨振声，后来他到北平工作，还是和从文在一起。

在青岛我住了一个星期。离开的时候他知道我要去北平，就给我写了两个人的地址，他说，到北平可以去看这两个朋友，不用介绍，只提他的名字，他们就会接待我。

在北平我认识的人不多。我也去看望了从文介绍的两个人，一位姓程，一位姓夏。一位在城里工作，业余搞点翻译；一位在燕京大学教书。一年后我再到北平，还去燕大夏云的宿舍里住了十几天，写完中篇小说《电》。我只说是从文介绍，他们待我十分亲切。我们谈文学，谈得更多的是从文的事情，他们对他非常关心。以后我接触到更多的从文的朋友，我注意到他们对他都有一种深的感情。

在青岛我就知道他在恋爱。第二年我去南方旅行，回到上海得到从文和张兆和在北平结婚的消息，我发去贺电，祝他们“幸福无量”。从文来信要我到他的新家做客。在上海我没有事情，决定到北方去看看，我先去天津南开中学，同我哥哥李尧林一起生活了几天，便搭车去北平。

我坐火力车去府右街达子营，门牌号数记不起来了，总之，顺利地到了沈家。我只提了一个藤包，里面一件西装上衣、两三本书和一些小东西。从文带笑地紧紧握着我的手，说：“你来了。”就把我接进客厅。又介绍我认识他的新婚夫人,他的妹妹也在这里。

客厅连接一间屋子,房内有一张书桌和一张床,显然是主人的书房。他把我安顿在这里。

院子小,客厅小,书房也小,然而非常安静,我住得很舒适。正房只有小小的三间,中间那间又是饭厅,我每天去三次就餐,同桌还有别的客人,却让我坐上位,因此感到一点拘束。但是除了这个,我在这里完全自由活动,写文章看书,没有干扰,除非来了客人。

我初来时从文的客人不算少,一部分是教授、学者,另一部分是作家和学生。他不在大学教书了。杨振声到北平主持一个编教科书的机构,从文就在这机构里工作,每天照常上、下班,我只知道朱自清同他在一起。这个时期他还为天津《大公报》编辑《文艺》副刊,为了写稿和副刊的一些事情,经常有人来同他商谈。这些已经够他忙了,可是他还有一件重要的工作,天津《国闻周报》上的连载:《记丁玲》。

根据我当时的印象,不少人焦急地等待着每一周的《国闻周报》,这连载是受到欢迎,得到重视的,一方面人们敬爱丁玲,另一方面从文的文章有独特的风格,作者用真挚的感情讲出读者心里的话。丁玲几个月前被捕,我从上海动身时,"良友文学丛书"的编者赵家璧委托我向从文组稿,他愿意出高价得到这部"好书",希望我帮忙,不让别人把稿子拿走。我办到了。可是出版界的形势越来越恶化,赵家璧拿到全稿,已无法编入丛书排印,过一两年他花几百元买下一位图书审查委员的书稿,算是行贿,《记丁玲》才有机会作为"良友文学丛书"之一见到天日。可是删削太多,尤其是后半部,那么多的××!以后也没有能重版,更说不上恢复原貌了。

五十五年过去了,从文在达子营写连载的事,我还不曾忘记,写到结尾他有些紧张,他不愿辜负读者的期待,又关心朋友的安危,交稿期到，他常常写作通宵。他爱他的老友，他不仅为她呼吁，同时也在为她的自由奔走。也许这呼吁、这奔走没有多大用处，但是他尽了全力。

最近我意外地找到一九四四年十二月十四日写给从文的信，里面有这样的话：“前两个月我和家宝常见面，我们谈起你，觉得在朋友中诗人最好、最热心帮忙的人只有你，至少你是第一个。这是真话。”

我记不起我是在什么情形里写下这一段话。但这的确是真话。在一九三四年也是这样，一九八五年我最后一次看见他，他在家养病，假牙未装上，讲话不清楚。几年不见他，有一肚皮的话要说，首先就是一九四四年十二月信上那几句。但是望着病人的浮肿的脸，坐在堆满书的小房间里，我觉得有什么东西堵塞了咽喉，我仿佛回到了一九三四年、一九三三年。多少人在等待《国闻周报》上的连载，他那样勤奋工作，那样热情写作。《记丁玲》之后又是《边城》，他心爱的家乡的风景和他关心的小人物的命运，这部中篇经过几十年并未失去它的魅力，还鼓舞美国的学者长途跋涉，到美丽的湘西寻找作家当年的脚迹。

我说过我在从文家做客的时候，他编辑的《大公报·文艺》副刊和读者见面了。单是为这个副刊，他就要做三方面工作：写稿、组稿、看稿。我也想得到他的忙碌，但从未听见他诉苦。我为《文艺》写过一篇散文，发刊后我拿回原稿。这手稿我后来捐赠北京图书馆了。我的钢笔字很差，墨水浅淡，只能说是勉强可读，从文却用毛笔填写得清清楚楚。我真想谢谢他，可是我知道他从来就是这样工作，他为多少年轻人看稿、改稿，并设法介绍出去。他还花钱刊印一个青年诗人的第一本诗集并为它作序。不是听说，我亲眼见到那本诗集。

从文就是这样一个人。他不喜欢表现自己。可是我和他接触较多，就看出他身上有不少发光的东西。不仅有很高的才华，他还有一颗金子般的心。他工作多，事业发展，自己并不曾得到甚些报酬，反而引起不少的吱吱喳喳。那些吱吱喳喳加上多少年的小道消息，发展为今天所谓的争议，这争议曾经一度把他赶出文坛，不让他给写进文学史。但他还是默默地做他的工作（分配给他的新的工作），在极端困难的条件下，一样地作出出色的成绩。我接到香港寄来的那本关于中国服装史的大书，一方面为老友新的成就感到兴奋，一方面又痛惜自己浪费掉的几十年的光阴。我想起来了，就是在他那个新家的客厅里，他对我不止讲过一次这样的话："不要浪费时间。"后来他在上海对我、对靳以、对萧乾也讲过类似的话。我当时并不同意，不过我相信他是出于好心。

我在达子营沈家究竟住了两个月或三个月，现在讲不清楚了。这说明我的病[1]在发展，不少的事逐渐走向遗忘。所以有必要记下不曾忘记的那些事情。不久靳以为文学季刊社在三座门大街十四号租了房子，要我同他一起搬过去，我便离开从文家。在靳以那里一直住到第二年七月。

北京图书馆和北海公园都在附近，我们经常去这两处。从文非常忙，但在同一座城里，我们常有机会见面，从文还定期为《文艺》副刊宴请作者。我经常出席。他仍然劝我不要浪费时间。我发表的文章他似乎全读过，有时也坦率地提些意见，我知道他对我很关心，对他们夫妇只有好感，我常常开玩笑地说我是他们家的食客，今天回想起来我还感到温暖。一九三四年《文学季刊》创刊，兆和为创刊号写稿，她的第一篇小说《湖畔》受到读者欢迎。她惟一的短篇集[2]后来就收在我主编的"文学丛刊"里。

---

1 帕金森氏综合征。

2 指《湖畔》（文化生活出版社一九四一年六月版），张兆和著，署名叔文。

三

我提到坦率，提到真诚，因为我们不把话藏在心里 我们之间自然会出现分歧，我们对不少的问题都有不同的看法。可是我要承认我们有过辩论，却不曾有争论。我们辩是非，并不争胜负。

在从文和萧乾的书信集《废邮存底》中还保存着一封他给我的长信《给某作家》(一九三七)。我一九三五年在日本横滨编写的《点滴》里也有一篇散文《沉落》是写给他的。从这两封信就可以看出我们间的分歧在什么地方。

一九三四年我从北平回上海，小住一个时期，动身去日本前为《文学》杂志写了一个短篇《沉落》。小说发表时我已到了横滨，从文读了《沉落》非常生气，写信来质问我："写文章难道是为着泄气?！"我也动了感情，马上写了回答，我承认"我写文章没有一次不是为着泄气"。

他为什么这样生气？因为我批评了周作人一类的知识分子，周作人当时是《文艺》副刊的一位主要撰稿人，从文常常用尊敬的口气谈起他。其实我也崇拜过这个人，我至今还喜欢读他的一部分文章，从前他思想开明，对我国新文学的发展有过大的贡献。可是当时我批判的、我担心的并不是他的著作，而是他的生活、他的行为。从文认为我不理解周，我看倒是从文不理解他。可能我们两人对周都不理解，但事实是他终于做了为侵略者服务的汉奸。

回国以后我还和从文通过几封长信继续我们这次的辩论，因为我又发表过文章，针对另外一些熟人，譬如对朱光潜的批评，后来我也承认自己有偏见，有错误。从文着急起来，他劝我不要"那么爱理会小处"、"莫把感情火气过分糟蹋到这上面"。他责备我："什么米米大的小事如×××之类的闲言小语也使你动火，把小东小西也当成敌人。”还说，“我觉得你感情的浪费真极可惜。”

我记不起我怎样回答他，因为我那封留底的长信在“文革”中丢失了，“造反”派抄走了它，就没有退回来。但我记得我想向他说明我还有理性，不会变成狂吠的疯狗。我写信，时而非常激动，时而停笔发笑，我想；他有可能担心我会发精神病。我不曾告诉他，他的话对我是连声的警钟，我知道我需要克制，我也懂得他所说的“在一堆沉默的日子里讨生活”的重要。我称他为“敬爱的畏友”，我衷心地感谢他。当然我并不放弃我的主张，我也想通过辩论说服他。

我回国那年年底又去北平，靳以回天津照料母亲的病，我到三座门大街结束《文学季刊》的事情，给房子退租。我去了达子营从文家，见到从文伉俪，非常亲热。他说：“这一年你过得不错嘛。”他不再主编《文艺》副刊，把它交给了萧乾，他自己只编辑《大公报》的《星期文艺》，每周出一个整版。他向我组稿，我一口答应，就在十四号的北屋里，每晚写到深夜，外面是严寒和静寂。北平显得十分陌生，大片乌云笼罩在城市的上空，许多熟人都去了南方，我的笔拉不回两年前朋友们欢聚的日子，屋子里只有一炉火，我心里也在燃烧，我写，我要在暗夜里叫号。我重复着小说中人物的话：“我不怕……因为我有信仰。”

文章发表的那天下午我动身回上海，从文、兆和到前门车站送行。“你还再来吗？”从文微微一笑，紧紧握着我的手。

我张开口吐一个“我”字，声音就哑了，我多么不愿意在这个时候离开他们！我心里想：“有你们在，我一定会来。”

我不曾失信，不过我再来时已是十四年之后，在一个炎热的夏天。

四

抗战期间萧珊在西南联大念书，一九四〇年我从上海去昆明看望她，四一年我又从重庆去昆明，在昆明过了两个暑假。从文在联大教书，为了躲避敌机轰炸，他把家迁往呈贡，兆和同孩子们都住在乡下。我们也乘火车去过呈贡看望他们。那个时候没有教师节，教书老师普遍受到轻视，连大学教授也难使一家人温饱，我曾经说过两句话："钱可以赚到更多的钱。书常常给人带来不幸。"这就是那个社会的特点。他的文章写得少了，因为出书困难；生活水平降低了，吃的、用的东西都在涨价，他不叫苦，脸上始终露出温和的微笑。我还记得在昆明一家小饭食店里几次同他相遇，一两碗米线作为晚餐，有西红柿，还有鸡蛋，我们就满足了。

在昆明我们见面的机会不多，但是我们不再辩论了，我们珍惜在一起的每时每刻，我们同游过西山龙门，也一路跑过警报，看见炸弹落下后的浓烟，也看到血淋淋的尸体。过去一段时期他常常责备我："你总说你有信仰，你也得让别人感觉到你的信仰在哪里。"现在连我也感觉得到他的信仰在什么地方。只要看到他脸上的笑容或者眼里的闪光，我觉得心里更踏实。离开昆明后三年中，我每年都要写信求他不要放下笔，希望他多写小说。我说："我相信我们这个民族的潜在力量。"又说，"我极赞成你那埋头做事的主张。"没有能再去昆明，我更想念他。

他并不曾搁笔，可是作品写得少。他过去的作品早已绝版，读到的人不多。开明书店愿意重印他的全部小说，他陆续将修订稿寄去。可是一部分底稿在中途遗失，他叹惜地告诉我，丢失的稿子偏偏是描写社会疾苦的那一部分，出版的几册却都是关于男女事情的，“这样别人更不了解我了”。

最后一句不是原话，他也不仅说一句，但大意是如此。抗战前他在上海《大公报》发表过批评海派的文章引起强烈的反感。在昆明他的某些文章又得罪了不少的人。因此常有对他不友好的文章和议论出现。他可能感到有一点寂寞，偶尔也发发牢骚，但主要还是对那种越来越重视金钱、轻视知识的社会风气。在这一点我倒理解他，我在写作生涯中挨过的骂可能比他多，我不能说我就不感到寂寞。但是我并没有让人骂死。我也看见他倒了又站起来，一直勤奋地工作，最后他被迫离开了文艺界。

五

那是一九四九年的事。最初北平和平解放，然后上海解放。六月我和靳以、辛笛、健吾、唐弢、赵家璧他们去北平，出席首次全国文代会，见到从各地来的许多熟人和分别多年的老友，还有更多的献出自己的青春和心血的文艺战士。我很感动，也很兴奋。

但是从文没有露面，他不是大会的代表。我们几个人到他的家去，见到了他和兆和，他们早已不住在达子营了，不过我现在也说不出他们是不是住在东堂子胡同，因为一晃就是四十年，我的记忆模糊了，这几十年中间我没有看见他住过宽敞的房屋。最后他得到一个舒适的住处，却已经疾病缠身，只能让人搀扶着在屋里走走。我至今未见到他这个新居，一九八五年五月后我就未去过北京，不是我不想去，但我越来越举步艰难了。

首届文代会期间我们几个人去从文家不止一次，表面上看不出他有情绪，他脸上仍然露出微笑。他向我们打听文艺界朋友的近况，他关心每一个熟人。然而文艺界似乎忘记了他，不给他出席文代会，以后还把他分配到历史博物馆，让他做讲解员，据说郑振铎到那里参观一个什么展览，见过他，但这是以后的事了。这年九月我第二次来北平出席全国政协会议，接着中华人民共和国成立，北京又成为首都，这次我大约住了三个星期，我几次看望从文，交谈的机会较多，我才了解一些真实情况。北京解放前后当地报纸上刊载了一些批判他的署名文章，有的还是在香港报上发表过的，十分尖锐。他在围城里，已经感到很孤寂，对形势和政策也不理解，只希望有一两个文艺界熟人见见他，同他谈谈。他当时战战兢兢，如履薄冰，仿佛就要掉进水里，多么需要人来拉他一把，可是他的期望落了空。他只好到华北革大去了，反正知识分子应当进行思想改造。

不用说，他受到了不公平的待遇，不仅在今天，在当时我就有这样的看法，可是我并没有站出来替他讲过话，我不敢，我总觉得自己头上有一把达摩克利斯的宝剑。从文一定感到委屈，可是他不声不响、认真地干他的工作。政协会议以后，第二年我去北京开会，休会的日子我去看望过从文，他似乎很平静，仍旧关心地问到一些熟人的近况。我每次赴京，总要去看看他。他已经安定下来了。对瓷器、对民间工艺、对古代服装他都有兴趣，谈起来头头是道。我暗中想，我外表忙忙碌碌，有说有笑，心里却十分紧张，为什么不能坐下来，埋头译书，默默地工作几年，也许可以作出一点成绩。然而我办不到，即使由我自己作主，我也不愿放下笔，还想换一支新的来歌颂新社会。我下决心深入生活，却始终深不下去，我参加各种活动，也始终浮在面上，经过北京我没有忘记去看他，总是在晚上去，两三间小屋，书架上放满了线装书，他正在工作，带着笑容欢迎我，问我一家人的近况，问一些熟人的近况。兆和也在，她在《人民文学》编辑部工作，偶尔谈几句杂志的事。有时还有他一个小女儿（侄女），他们很喜欢她，两个儿子不同他们住在一起。

我大约每年去一次，坐一个多小时，谈话他谈得多一些，我也讲我的事，但总是他问我答。我觉得他心里更加踏实了。我讲话好像只是在替自己辩护。我明白我四处奔跑，却什么都抓不住。心里空虚得很。我总疑心他在问我：你这样跑来跑去，有什么用处？不过我不会老实地对他讲出来。他的情况也逐渐好转，他参加了人民政协，在报刊上发表诗文。

“文革”前我最后一次去他家，是在一九六五年七月，我就要动身去越南采访。是在晚上，天气热，房里没有灯光，砖地上铺一床席子，兆和睡在地上，从文说：“三姐生病，我们外面坐。”我和他各人一把椅子在院子里坐了一会，不知怎样我们两个讲话都没有劲头，不多久我就告辞走了。当时我绝没想到不出一年就会发生“文化大革命”，但是我有一种感觉我头上那把利剑，正在缓缓地往下坠。“四人帮”后来批判的“四条汉子”已经揭露出三个，我在这年元旦听过周扬一次谈话，我明白人人自危，他已经在保护自己了。

旅馆离这里不远，我慢慢地走回去，我想起过去我们的辩论，想起他劝我不要浪费时间，而我却什么也搞不出来。十几年过去了，我不过给添了一些罪名。我的脚步很沉重，仿佛前面张开一个大网，我不知道会不会投进网里，但无论如何一个可怕的、摧毁一切的、大的运动就要来了。我怎能够躲开它？

回到旅馆我感到精疲力尽，第二天早晨我就去机场，飞向南方。

六

在越南我进行了三个多月的采访，回到上海，等待我的是姚文元的《评新编历史剧〈海瑞罢官〉》。每周开会讨论一次，人人表态，看得出来，有人慢慢地在收网，"文化大革命"就要开场了。我有种种的罪名，不但我紧张，朋友们也替我紧张，后来我找到机会在会上作了检查，自以为卸掉了包袱。六月初到北京开会[1]，在机场接我的同志小心嘱咐我"不要出去找任何熟人"。我一方面认为自己已经过关，感到轻松，另一方面因为运动打击面广，又感到恐怖。我在这种奇怪的心境之下忙了一个多月，我的确"没出去找任何熟人"，无论是从文、健吾或者冰心。

但是会议结束，我回到机关参加学习，才知道自己仍在网里，真是在劫难逃了。进了牛棚，仿佛落入深渊，别人都把我看作罪人，我自己也认为有罪，表现得十分恭顺。绝没有想到这个所谓"触及灵魂"的"革命"会持续十年。在灵魂受到熬煎的漫漫长夜里，我偶尔也想到几个老朋友，希望从友情那里得到一点安慰。可是关于他们，一点消息也没有。我想到了从文，他的温和的笑容明明在我眼前。我对他讲过的那句话"我不怕……我有信仰"像铁锤在我的头上敲打，我哪里有信仰？我只有害怕。我还有脸去见他？这种想法在当时也是很古怪的，一会儿就过去了。过些日子它又在我脑子里闪亮一下，然后又熄灭了。我一直没有从文的消息，也不见人来外调他的事情。

1　指亚非作家紧急会议。

六年过去了。我在奉贤县文化系统“五·七干校”里学习和劳动，在那里劳动的有好几个单位的干部，许多人我都不认识。有一次我给揪回上海接受批判，批判后第二天一早到巨鹿路作协分会旧址学习，我刚刚在指定的屋子里坐好，一位年轻姑娘走进来，问我是不是某人，她是从文家的亲戚，从文很想知道我是否住在原处。她是音乐学院附中的学生，我在干校见过。从文一家平安，这是很好的消息，可是我只答了一句：我仍住在原处。她就走了。回到干校，过了一些日子，我又遇见她，她说从文把我的地址遗失了，要我写一个交给她转去。我不敢背着工宣队“进行串联”，我怕得很。考虑了好几天，我才把写好的地址交给她。经过几年的改造，我变成了另外一个人，我遵守的信条是：多一事不如少一事。我并不希望从文来信。但是出乎我的意外，他很快就寄了信来，我回家休假，萧珊已经病倒，得到北京寄来的长信，她拿着五张信纸反复地看，含着眼泪说：“还有人记得我们啊！”这对她是多大的安慰！

他的信是这样开始的：“多年来家中搬动太大，把你们家的地址遗失了，问别人忌讳又多，所以直到今天得到×家熟人一信相告，才知道你们住处。大致家中变化还不太多。”

五页信纸上写了不少朋友的近状，最后说：“熟人统在念中。便中也希望告知你们生活种种，我们都十分想知道。”

他还是像三十年代那样关心我。可是我没有寄去片纸只字的回答。萧珊患了不治之症。不到两个月便离开人世。我还是审查对象，没有通信自由，甚至不敢去信通知萧珊病逝。

我为什么如此缺乏勇气？回想起来今天还感到惭愧。尽管我不敢表示自己并未忘记故友，从文却一直惦记着我。他委托一位亲戚来看望，了解我的情况。七四年他来上海，一个下午到我家探望，我女儿进医院待产，儿子在安徽农村插队落户，家中冷冷清清，我们把藤椅搬到走廊上，没有拘束，谈得很畅快。我也忘了自己的“结论”已经下来：一个不戴帽子的“反革命”。

七

等到这个“结论”推翻，我失去的自由逐渐恢复，我又忙起来了。多次去北京开会，却只到过他的家两次。头一次他不在家，我见着兆和，急匆匆不曾坐下吃一杯茶。屋子里连写字桌也没有，只放得下一张小茶桌，夫妻二人轮流使用。第二次他已经搬家，可是房间还是很小，四壁图书，两三幅大幅近照，我们坐在当中，两把椅子靠得很近，使我想起一九六五年那个晚上，可是压在我们背上的包袱已经给摔掉了，代替它的是老和病。他行动不便，我比他好不了多少。我们不容易交谈，只好请兆和做翻译，谈了些彼此的近况。

我大约坐了不到一个小时吧，告别时我高高兴兴，没有想到这是我们最后的一面，我以后就不曾再去北京。当时我感到内疚，暗暗地责备自己为什么不早来看望他。后来在上海听说他搬了家，换了宽敞的住处，不用下楼，可以让人搀扶着在屋子里散步，也曾替他高兴一阵子。

最近因为怀念老友，想记下一点什么，找出了从文的几封旧信，一九八〇年二月信中有一段话，我一直不能忘记：“因住处只一张桌子，目前为我赶校那两份选集，上午她三点即起床，六点出门上街取牛奶，把桌子让我工作，下午我睡，桌子再让她使用到下午六点，她做饭，再让我使用书桌。这样下去，那能支持多久！”

这事实应当大书特书，让国人知道中国一位大作家、一位高级知识分子就是在这种条件下工作。尽管他说:“那能支持多久?”可是他在信中谈起他的工作,劲头还是很大。他是能够支持下去的。近几个月我常常想:这个问题要是早解决,那有多好!可惜来得太迟了。不过有人说迟来总比不来好。

那么他的讣告是不是也来迟了呢?人们究竟在等待什么?我始终想不明白,难道是首长没有表态,记者不知道报道应当用什么规格?有人说:“可能是文学史上的地位没有排定,找不到适当的头衔和职称吧。”又有人说:“现在需要搞活经济,谁关心一个作家的生死存亡?你的笔就能把生产搞上去?!”

我无法回答。

又过了一个多月,我动笔更困难,思想更迟钝,讲话声音更低,我感觉到自己身体的一部分逐渐在老死。我和老友见面的时候不远了……

倘使真的和从文见面,我将对他讲些什么呢?

我还记得兆和说过:“火化前他像熟睡一般,非常平静,看样子他明白自己一生在大风大浪中已尽了自己应尽的责任,清清白白,无愧于心。”他的确是这样。

我多么羡慕他!可是我却不能走得像他那样平静、那样从容,因为我并未尽了自己的责任,还欠下一身债,我不可能不惊动任何人静悄悄离开人世。那么就让我的心长久燃烧,一直到还清我的欠债。

有什么办法呢?中国知识分子的悲剧我是躲避不了的。

纪念雪峰[1]

最近香港报上刊出了雪峰旧作诗八首在北京《诗刊》上重新发表的消息，从这里我看出香港读者对雪峰的怀念。我想起了一些关于雪峰的事情。

我去巴黎的前几天，住在北京的和平宾馆里，有一天傍晚雪峰的女儿来看我，谈起五月初为雪峰开追悼会的事，我说我没法赶回来参加，我想写一篇文章谈谈这位亡友。雪峰的女儿我过去似乎没有见过，她讲话不多，是个沉静、质朴的人。雪峰去世后不久，他的爱人也病故了，就剩下这兄妹两个，他们的情况我完全不了解，但是我有这样一个印象：他们坚强地生活着。

雪峰的追悼会一九七六年在八宝山开过一次。据说姚文元有过“批示”不得在会上致悼词。姚文元当时是“长官”嘛，他讲了话，就得照办。那算是什么追悼会！冤案未昭雪，错案未改正，问题似乎解决了，却又不能在光天化日之下出头。只有这一次要开的追悼会才是死者在九泉等待的那一种追悼会：伸张正义，推倒一切诬陷、不实之词。我在这里说“要开”，因为追悼会并没有在五月里举行，据说也许会推迟到召开第四次全国文代大会的日子，因为那个时候，雪峰的朋友们

1　写于一九七九年八月八日。

都可能来京参加,人多总比人少好。

我认识雪峰较晚,一九三六年年底我才第一次看见他。在这之前一九二二年《湖畔》诗集出版时我是它的爱读者。一九二八年年底我第一次从法国回来住在上海,又知道他参加了共产党,翻译过文艺理论的书,同鲁迅先生较熟。一九三六年我在上海,忽然听见河清(黄源)说雪峰从陕北到了上海。这年鲁迅先生逝世,我参加了先生的治丧办事处的工作,对治丧委员会某些办法不大满意,偶尔向河清发一两句牢骚,河清说这是雪峰同意的,他代表党的意见。我并未读过雪峰翻译的书,但是我知道鲁迅先生尊重党,也听说先生对雪峰有好感,因此就不讲什么了。治丧处工作结束以后,有一天鲁彦来通知要我到他家里吃晚饭,说还约了雪峰。他告诉我鲁迅先生答徐懋庸文最初是由雪峰起草的。我并不怀疑这个说法。先生的文章发表在孟十还主编的《作家》月刊上,在排印的时候,我听见孟十还谈起,就赶到科学印刷所去,读了正在排版中的文章,是许广平同志的手抄稿,上面还有鲁迅先生亲笔修改的手迹,关于我的那句话就是先生增补上去的。

我在鲁彦家吃饭的时候见到了雪峰。我们谈得融洽。奇怪的是他并未摆出理论家的架子,我也只把他看作一个普通朋友,并未肃然起敬。他也曾提起答徐文,说是他自动地起草的,为了照顾先生的身体,可是先生改得不少。关于那篇文章他也只谈了几句。其他的,我想不起来、记不下来了。我们海阔天空,无所不谈,每次见面,都是这样,总的说来离不了四个字:“互相信任”。我还记得一九四四年到四五年我住在重庆民国路文化生活出版社,雪峰住在斜对面的作家书屋,他常常到我这里来。有一夜章靳以和马宗融要搭船回北碚复旦大学,天明前上船,准备在我这里烤火、喝茶、摆龙门阵,谈一个晚上。我们已经有过这样的经验了,雪峰走过出版社,进来看我,听说我们又要坐谈通宵，他就留下来，同我们闲谈到天将发白、靳以和宗融动身上船的时候。现在要是“勒令”我“交代”这一晚我们究竟谈些什么，我一句也讲不出，可是当时我们的确谈得十分起劲。

见第一面我就认为雪峰是个耿直、真诚、善良的人，我始终尊敬他，但有时我也会因为他缺乏冷静、容易冲动感到惋惜。我们两个对人生、对艺术的见解并不一定相同，可是他认为我是在认真地搞创作；我呢，我认为他是个平易近人的好党员。一九三七年我是这样看法，一九四四年我是这样看法，一九四九年我也是这样看法，一九五几年我也是这样看法。有一次在一个小会上，我看见他动了感情，有人反映今天的青年看不懂鲁迅先生的文章，可能认为已经过时，雪峰因此十分激动，我有点替他担心。解放后他有一次从北京回来，说某同志托他找我去担任一家即将成立的出版社的社长，我说我不会办事，请他代我辞谢。他看我意思坚决，就告诉我倘使我不肯去，他就得出来挑那副担子。我劝他也不要答应，我说事情难办，我想的是他太书生气，耿直而易动感情。但他只是笑笑，就回京开始了工作。他是党员，他不能放弃自己的职责。他一直辛勤地干着，事业不断地在发展，尽管他有时也受到批评，有时也很激动，但他始终认真负责地干下去。他还是和平时一样，没有党员的架子，可是我注意到他十分珍惜“共产党员”这个称号。谁也没有想到一九五七年他会给夺去这个称号，而且一直到死他没有能看到他回到党里的心愿成为现实。

错误终于改正，沉冤终于昭雪，可是二十二年已经过去，雪峰早已一无所知了。但我们还活着。我真愿意忘记过去。可是我偏偏忘不了一九五七年的事情。反右运动已经开始，全国人大会刚刚结束，我回上海之前一个下午跟雪峰通了电话，到他家里去看他。当时的气氛对他是不利的，可是我一点也感觉不出来，我毫无拘束地同他交谈，还对反右运动提出一些疑问，他心平气和地向我解释了一番。他殷勤地留我一起出去吃饭。我们是在新侨饭店楼下的大同酒家吃的饭。雪峰虽然做主人，却拿着菜单毫无办法，这说明他平日很少进馆子。他那艰苦朴素的生活作风在重庆时就传开了。吃过饭他还依依不舍地拉着我同他夫妇在附近闲走了一会。现在回想起来，他当时可能已经成为批判的对象，自己已预感到大祸即将临头了。

我回到上海，过一两个月再去北京出席中国作家协会党组扩大会议的最后一次大会。我还记得大会是在首都剧场举行的。那天我进了会场，池子里已经坐了不少的人，雪峰埋下头坐在前排的边上。我想不通他怎么会是右派。但是我也上了台，和靳以做了联合发言。这天的大会是批判丁玲、冯雪峰、艾青……给他们戴上右派帽子的大会。我们也重复着别人的话，批判了丁玲的“一本书主义”、雪峰的“凌驾在党之上”、艾青的“上下串联”等等等等。我并不像某些人那样“一贯正确”，我只是跟在别人后面丢石块。我相信别人，同时也想保全自己。我在一九五七年反右前讲过：“今天谁被揭露，谁受到批判，就没有人敢站出来，仗义执言，替他辩护。”倘使有人揭发，单凭这句话我就可能给打成右派。这二十二年来我每想起雪峰的事，就想到自己的话，它好像针一样常常刺痛我的心，我是在责备我自己。我走惯了“人云亦云”的路，忽然听见大喝一声，回头一看，那么多的冤魂在后面“徘徊”。我怎么向自己交代呢？

这以后我还见过雪峰多次，不过再也没有同他长谈的机会了。他的外貌改变不大，可是换了工作单位，也换了住处。他给戴上帽子，又给摘了帽子；他劳动过，又在写作。然后浩劫一来，大家都变成了牛鬼。在什么战斗小报上似乎他又给戴上了“叛徒”的帽子，我呢，中国作家协会上海分会的“造反派”早已印发专书封我为“无产阶级专政的死敌”，而且我在“四人帮”的掌握中一直与世隔绝。一九七二年我爱人病危，我才从“五·七干校”迁回上海。第二年七月忽然下来了当时的“上海市委书记”王洪文、马天水、徐景贤、王秀珍和常委冯国柱、金祖敏六个人的决定，我的问题做“人民内部矛盾处理，不戴‘反革命’帽子，发给生活费”。这是由我们那个组织的“支部书记”当众宣布的，没有任何根据，也拿不出任何的文件，六个人的决定就等于封建皇帝的诏令。他们妄想用这个决定让我一辈子见不了天日。朋友中谁敢来看望我这个不戴帽子的“反革命”呢？我也不愿意给别人、也给自己招来麻烦。我更害怕他们再搞什么阴谋、下什么毒手。我决定采取自己忘记也让别人忘记的办法。我听说雪峰在干校种菜，又听说他到了人民文学出版社鲁迅著作编辑室，我不声不响。我听说雪峰患肺癌进医院动手术，情况良好，我请人向他致意；我又听说他除夕再进医院，我为他担心；最后听说他在医院里病故，一个朋友来信讲起当时的凄凉情景，我没有发过唁电；后来听说在北京举行无悼词的追悼会，我也不曾送过花圈。我以为我已经走上了“自行消亡”的道路，却没有想到今天还能在这里饶舌。

我还想在这里讲一件事，是关于《鲁迅先生纪念集》的事情。这本书可能在一九三七年年初就开始编辑发排了，详情我并不知道。“八·一三”全面抗战爆发，上海成为战场，文化生活出版社的业务完全停顿，几个工作人员也陆续散去。有人找出了《鲁迅先生纪念集》的校样，八百多页，已经全部看过清样了。这本书可能是吴朗西经手的，但他留在四川，一时回不来。河清[1]是《纪念集》的一个编辑，不过他也不

1　即黄源。

清楚当初的打算和办法。看见没有人管这件事,我就想抓一下,可是我手边没有一个钱,文化生活出版社也没有钱,怎么办? 就在这个时候我遇见了雪峰,我同他谈起这件事,我说现在离鲁迅先生逝世一周年纪念日近了,最好在这之前把书赶印出来。他鼓励我这样做,还说他可以帮忙,问我需要多少钱。我就到承印这本书的科学印刷所去交涉,老实讲出我们的困难。最后印刷所同意先收印刷费两百元,余款以后陆续付清。我把交涉的结果告诉了雪峰。有天早晨他到我家里来交给我两百元,说这是许景宋先生借出来的。于是我就拉着河清一起动起来,河清补写了《后记》,但等不及看见书印成就因父亲患重病给叫回海盐老家去了。十月十九日下午,上海各界在浦东同乡会大楼开会纪念鲁迅先生逝世一周年,我从印刷所拿到十本刚刚装订好的《鲁迅先生纪念集》放在许广平同志的座位前面,雪峰也拿到了一册。

关于雪峰,还有许多话可说,不过他似乎不喜欢别人多谈他,也不喜欢吹嘘自己。关于上饶集中营,他留下一个电影剧本;关于鲁迅先生,他写了一本《回忆鲁迅》。前些时候刊物上发表了雪峰的遗作,我找来一看,原来是他作为《交代》写下的什么东西。我读了十分难过,再没有比这更不尊重作者的了。作家陈登科在《光明日报》上发表文章主张作者应当享有版权,我同意他这个意见,主要的是发表文章必须得到作者的同意。不能说文章一脱稿,作者就无权过问。雪峰长期遭受迫害,没有能留下他应当留下的东西,因此连一九七二年别人找他谈话的记录也给发表了。总之,一直到现在,雪峰并未受到对他应有的尊重。

纪念友人世弥[1]

我想不到我会来写这样的文章，记忆逼着我写。记忆使我痛苦。甚至在这样一个个人命运和民族命运紧密地联系在一起的时代中，我还受着个人情感的熬煎。我不说我们民族的损失，固然世弥是中国的一个优秀的女儿；我不说我们文坛的损失，固然世弥的作品显示了她未来的光辉的成就；因为在侵略者铁蹄的践踏下 许多青年有为的生命，许多优秀卓绝的文学才能已经变成了白骨黑灰。为了一个民族的独立和生存，这样的牺牲并不算是昂贵的代价。许多人默默地死去，许多人默默地哀悼他们的死亡，没有谁出来发一声不平的怨言。我也没有权利把我个人的悲痛提出来加在这许多人的悲痛上面，促他们多回顾“过去”，给他们多添一分苦恼。他们需要的是“遗忘”，要忘记过去的一切，要忘记灾祸与悲痛，像堂吉诃德那样地投身到神圣的抗战中去。

然而我不能够制止个人的悲痛，我无法补偿个人的损失。这一个友人的死给我留下的空虚，到现在还不曾得到填补。记忆逼着我写，悲痛逼着我写，为了我自己，为了我的一些朋友，我要写下这篇关于

1 写于一九三八年四月，广州。

世弥的文章。

世弥是一个平凡的人,甚至在她的外貌上,人也看不出锋芒。她写过文章,但她的文笔并不华丽,那里面有的是一种真实、朴素的美。她不喜欢表现自己,她写文章也不愿意让朋友们知道。她把她的热情隐藏在温厚的外表下。许多人说她是一个贤妻良母型的女性,却少有人知道她是社会革命的斗士。在我们这些友人中间,有时因为意见的分歧会损害友情,个人的成见妨害到事业的发展,然而她把我们(至少是我们中间的一部分人)团结在一起。她的客厅仿佛成了我们的会所。但我们并不同时去找她,我们个别地去,常常怀着疑难和苦恼去求助于她。她像长姊似的给我们解决问题,使我们得到安慰和鼓舞。她的考虑十分周到,她的话语简单而有力量,我们都相信她,敬爱她。

她有一种吸引力把许多朋友拉到她的身边,而且使他们互相接近、了解。一个朝鲜朋友被日本人追缉得厉害的时候,他到上海来总是由她和她的丈夫款待,他就住在他们家里,或者她替他转信。那个朋友也是我的友人。艰苦的环境使他的头发在几个月内完全变成了白色,但是他的精神并没有衰老。有一次我受了一个朋友的嘱托从日本海军陆战队布岗警戒下的虹口带了一支手枪、一百发子弹和一包抗日文件到她的家里寄存。她毫不迟疑地收下了我提去的那口箱子,让那些东西在她的家里放了一年,到她离开上海时才让另一个朋友拿去。这些事倘使她活着,她一定不让我说出来,而我也不便写。但是如今她和我已经成了两个世界的人。我不曾当着她的面说一句感激的话,我知道这会使她不高兴。然而这时候思念刺痛我的心,我愿意让人知道我们从她那里得过的恩惠。要是这触犯了她,她也会原谅她的朋友,因为这是最后的一次了。

我不敢想,有时候我甚至不能相信世弥的死讯是真实的。去年九月八日上海西车站的分别仿佛还是昨天的事。上海沦陷后她和宗融打过急电来探问我的安全，又屡次写信劝我离开“孤岛”。我答应今年到他们那里去。如今我失了约，而她也不能活着来责备我了。

这三四年来，我在生活里、事业上遇到各种麻烦，我缺乏忍耐，不能从容地应付一切，常常让自己沉溺在苦恼中间。朋友不宽恕我，敌人不放松我。我不能严格地改正错误，我反而让自己陷在绝望的心境中。好几次我带着气愤到她那里倾诉，她仔细地开导我，安慰我，甚至指责我的缺点。她知道我的弱点、我的苦恼和我的渴望。但是她绝不姑息她的友人。我是在朋友们的督责下成长起来的。她便是那许多朋友中间给了我帮助最大的一位。但是如今我不知不觉间失掉了这样一位友人，我的悲痛太大了。

我唠唠叨叨地叙说我个人的损失，我太自私了。我们许多人中间失去这一个斗士，那损失比我个人的更大。而且就个人的悲痛来说，我们大家热爱的马大哥，我认识他在他和世弥结婚以前，我知道世弥在他的生活里、情感上占着什么样的位置，我知道世弥是他的一个怎样的不可分离的生活与工作的伴侣。他们九年来始终没有分离过。如今一只残酷的魔手把她抓了去，永远不放回来。留下他一个人带着那个聪明可爱的小弥和一个新生的孩子（那个男孩是她用自己的生命换来的），在那间空阔的屋子里，八岁时小弥天天嚷着要“妈妈”，新生的孩子又无知地啼哭等着人喂奶。做一个这样的父亲，不知道要花费多少的心血。对于在书堆里过惯生活的马大哥，我简直不敢想象他的悲痛。我不能够安慰他，因为他的灾祸太大了。但是我想借用意大利爱国者马志尼劝赫尔岑的话来劝他：

勇敢些，你要抑制悲痛，不要叫你的精神破碎。我常常以为我们亲爱的人的死会使我们变成更好的人，你的义务是去做一切她所喜欢的事而不去做任何她所反对的事。……

现在正是这个时候了。

别了，我永不能忘记的友人，我不再用言词哀悼你。我知道你不喜欢我这样做。你不愿意在这样的年纪早早地死去，你更不会愿意在你渴望了几年的抗战的烽火燃烧的时候寂寞地闭上眼睛。但是你已经尽了你的职责了。你留下了这么深的敬爱在我们中间。我们失去了你这样一个斗士，可是我们已经坚实地团结起来。你的手所放下的火炬，也将由我们接过来高高地举起。我们会把它举得更高，使你的和我们的理想早日实现，我知道那会是你最快活的时候。到了那一天，你会活起来，活在我们的心里，活在我们的理想里。

纪念我的哥哥[1]

我第二次回到上海来，坐在你从前常常坐的沙发上，望着油漆剥落的墙壁和尘封的书架，我仿佛做了一场大梦。梦醒了。我疲倦。我闭上眼睛。我想休息。可是你来了。你站在我的面前。我睁开眼睛，我觉得你坐在写字台前，背向着我，埋着头在写什么东西。我站起来，我想唤你，我要像从前那样地和你谈话。我先咳一声嗽，你的影子没有了。写字台前空空的没有人。屋子里这时候除了我，也没有别的人。我唤你，听不见回应。我提高声音再唤，那空虚的声音使我自己也吃惊。我用不着再骗自己了。我看见你病，我看见你躺在死床上，我看见你的棺木入土。我还能够在什么地方找到你呢？

我痛苦地、无可奈何地叹了一口气。我又在沙发上坐下。我真应该休息了。我倦得很。我又闭上眼睛。可是我的脑子不肯静下来。它动得厉害。二十三年前的情景在我的眼前出现了。

两个年轻的孩子（不，那时候我们自以为是“饱经忧患”的大人了）怀着一腔热情，从家里出来，没有计划，没有野心，甚至没有一个指导我们的师友，我们有的只是年轻人的勇敢和真诚。一条小木船载走了我们，把我们从住惯了的故乡，送入茫茫人海中去。两只失群的

1　写于一九四六年五月，上海。

一九二九年，巴金（右）与两个哥哥在上海合影

小羊跑进广大的牧野中了。现在大概没有人记得我们当时那种可怜而可笑的样子,可是近几年来在重庆和桂林,每当寒风震摇木造的楼房时,我总会想起在南京北门桥一间空阔的屋子里,我们用小皮箱做坐凳,借着一盏煤油灯的微光,埋头在破方桌上读书的情景。我们在那间空阔的屋子里住了半年,后来又搬到前面另一间狭小阴暗的屋子里住了一年。在那些日子,我们没有娱乐,没有交际,除了同寓的三四个同乡外,我们没有朋友。早晨我们一块儿去上学,下课后一块儿从学校走回家。下雨的时候,我们两个人撑着一把伞,雨点常常打湿了我们的蓝布长衫。夏天的夜晚我们睡在没有帐子的木板床上,无抵抗地接受蚊虫的围攻。我们常常做梦,梦是我们的寂寞生活中惟一的装饰。此外就是家信。在故乡的家里还有我们的大哥。他爱我们,我们也爱他。他是我们和那个"家"中间的惟一的连锁。他常常把我们的心拉回去又送出来。每个星期里他至少有一封信来,我们至少也有一封信寄去。那些可祝福的信使我们的心不知奔跑了多少路程。我们并没有把那一年半的时光白白浪费,我们的确给自己的脑子里装进了一些东西。于是安静的日子完结了。在学校生活结束以后,我开始了漂泊的生活。那天你在浦口车站送我上火车,你温和地微笑着,嘱咐我"小心饮食,注意身体"。你的友爱温暖了我的心,在我跑了好些地方,碰了若干次壁,甚至在我靠着两个小面包和一壶白开水度日的时候,我想到你,我还觉得自己有着无比的勇气。我不肯让你知道我真实的生活情况。我不愿使你为我的苦恼分心。固然你一直过着安定的生活,但你的日子也并不是快乐的,况且你的心很细,你顾念别人常常多于顾念自己。以后不论在东吴或者燕京[1],你都是过着一种苦学

1　指当时苏州的东吴大学和北平的燕京大学。

生的生活,有时你还不得不做家庭教师,领一笔微小的薪金来缴纳学费。你从不羡慕别人的阔绰,也没有为自己的贫苦发过一句牢骚。我的生活方式连累了你,我这个叛逆使你也失去了家人的信任。“家”渐渐地跟你离远了,信函的往来也常常中断。你心中的寂寞是可以想到的。你最后一年的求学生活应该是怎样痛苦的挣扎啊。但是你终于带着孤寂的微笑熬过去了。

毕业改变了你的环境,也给你带来一线的希望,你可以“自食其力”了。你找到了职业:天津南开中学的英文教员,——虽然待遇不好,但是这与你的兴趣相合。你借了债,做了两套可以穿上进课堂见学生的西服。你还为自己订下了一些未来的计划。可是打击来了。大哥突然服毒自杀,留下一个破碎的家。“家”需要我们。你毅然挑起这个担子,你按月寄款回去。你有限的收入变得更“有限”了。那些未实行的计划像空中楼阁似的一下子完全消失了。一块大石头压到你那刚刚昂起的头上,从此,就没有看见你再抬起它来。像一只鸟折断了翅膀,你永远失去高飞的希望了。

你默默地忍受一切。或者更可以说,你放弃了一切。你在南开中学的宿舍里住了十年。你过得不算太苦,但也并不舒适。看电影是你惟一的娱乐。天真的年轻学生是你的朋友,他们给你的单调生活增加了色彩;他们敬爱你,你也喜欢他们。可是没有人知道你的内心。我到天津去看过你三次,最后一次却只住了一个夜晚。我看出你的疲倦、寂寞和衰老。我屡次想和你谈你自己的事,可是我始终无法打开你的心。你关心我倒多过关心你自己。有时我逼着问你,你总是拿“这又有什么办法呢?”一句话来封我的嘴。讲话时你常常带着笑容,但你的微笑是寂寞的,疲倦的。不知是什么东西消磨尽了你的勇气和热情,你不诉苦,但是你也不再挣扎。你默默地过着这平凡而和平的生活。可是你的脸颊却渐渐地消瘦，身体也渐渐地坏下去。离开你时，我总担心是否还能够和你再见。第二次我来到你的身边，你还是带笑地说你过得很好。但是你真的过得“很好”么?

十年毕竟过去了。为了换取这漫长的岁月，你不知花了多大的代价。抗战后第二年秋天我从香港写信约你到上海，起初你还说打算再做一年教员，后来你改变了主意，离开大水中的天津来上海了。我比你早一个月回到上海，却一直没有得到你动身的消息。有一天下午我在楼上听见了你的唤声，我从窗里伸出头去，你站在大门前也正仰起头来看我。是那样一张黑瘦的面孔！我差一点不认识你了。

我握着你的手，我对你说我要让你在上海过几年安静的生活，你默默地点点头。我们在一块儿住了十个月，你得到了休息，但是没法治好你心上的创伤。音乐和翻译工作做了你排遣寂寞的工具。对工部局交响乐队星期日的演奏会你从没有缺过席，西洋古典音乐的唱片更是你分不开的伴侣(你尤其爱好声乐，自己也喜欢唱歌)。岗察洛夫的名著《悬崖》在这十个月中译成了，你又开始作翻译《奥布诺莫夫》的准备。可是这一切并没有减轻你的寂寞，相反的它们还使它增多。你的生活圈子似乎变得更狭小了。

我在法国战败后一个月离开了上海。你把我送上直航海防的轮船。开船时，我立在甲板上对你挥手，在你旁边还站着后来被日本人捉去至今生死不明的友人陆圣泉。你在岸上对我微笑，圣泉也对我微笑。我当时哪里想到这便是映入我眼里的你们两人最后的笑容了！

一眨眼就是五年，这五年中间我们整整有二三十个月不曾通过一封信。日本兵占了上海租界，普遍的迫害开始了。圣泉遭了毒手。你小心，我也不愿给你招来意外的麻烦。在桂林我还接过你的短函，在重庆我却无法知道你的生活状况。路完全隔断了。后来我才听说你也在暗中打听我的消息。你也许担心我在湘桂大战中做了一件不值得的牺牲品。事实上我却很健壮地活在重庆。

“胜利”意外地来了。我最大的快乐就是我可以和留在上海的你们见面。我打了电报去上海。回电说你大病初愈，圣泉下落不明，你要我即刻去沪。可是交通工具全被官字号的人占去了，我们这类于抗战无功的人是没有资格“复员”的。我等待着。等了两个多月，我赶到上海，你已经躺在病床上了。据说你是在两天以前才病倒的。病势不重，就是体力太差；上次的病是肋膜炎，还经过危险期，在床上躺了两个多月，靠着朋友一家人的照料，终于好了起来。

那个晚上我们睡在一间屋子里，你很兴奋，拉着我谈了许多话。

我要你休息，劝你少讲话。你说你不累，你一定要跟我谈个痛快。你还说，每天谈几段，谈两个星期便可以把你想说的话谈光。我一定不让你多谈，我说有话等你病好了慢慢讲。

我在上海住下来，我过的仍旧是忙乱的生活。我还避免和你单独谈话的机会，我害怕多说话使你伤神。你说你的病不要紧，我也以为你的病不要紧，你需要的只是休息和营养。我相信你不久便可以好起来。并且看见你在朋友家里得着很周到的看护，我十分放心。每天大清早，我刚睁开眼睛就听见你在病床上自语：“好多了，好多了。”那是你量过温度后用高兴的声调说的话。我也高兴，又蒙着头睡去了。我万想不到你这样骗了你自己，也骗了我。但我的疏忽是应该受指摘的。我起初并没有注意到你病势的加重，后来还是一个朋友提醒了我，要我送你进医院去。我的劝告你不肯接受，我又无法强迫你做你不愿意做的事。我向你谈过几次，都没有用。最后你回答我：“过两天再说。”这样又拖了两天。终于你认输似的说了出来：“那么还是早进医院吧，今天我觉得体力不成了，起床大便都感到吃力了。”

靠着另一位朋友的帮忙,第二天你便住进了医院。你喜欢静。病房外面便是一个幽静的小花园。透过玻璃窗你可以望见一片绿色。关上房门,屋子里没有一点声音。“三哥,你满意吗?”有人问你。“满意。”你点头回答。我们预备让你在这地方至少住两个月。谁也没有料到,你就只有七天的寿命。

在这七天中你似乎并没有痛苦。对于询问你病状的人,你总是回答:“蛮好。”就在你临死的前两天,你还是觉得自己“蛮好”。没有呻吟,没有叫号,你安静地躺在床上,并不像一个垂危的病人。那个晚上,我在病房里陪了你一个整夜,你时眠时醒,好像要对我说什么话,却始终讲不出来,我听见的只是一些断续的字。你似乎有些激动。可是第二天你又得到了安静的睡眠,而且清醒地对我们讲话。看得出来你的精神更差了。我们虽然担心你的体力支持不下去,却没有想到你那么快就离开我们。你自己不相信你会死,我们也不相信你会死。可是死突然来把你抓走了。

你死的时候我不在你身边。早晨我刚起床就得到医院里来的电话。“三哥完了。”一个朋友这样告诉我。我没有流泪,站在电话机前我不知道应该做什么好。我把这个消息转告朋友的太太,她立刻哭起来。这个好心的女人,这些年来她一家人在最黑暗的时期中给了你友情的温暖。为了挽救你的生命,他们已经尽过力了。

我赶到医院。病房的门大开着,你静静地睡在床上,白色被单盖着你的身子,我揭开面纱,看你的脸。一夜的工夫,你变得这么瘦,这么黄,这么衰老!两眼紧闭,脸颊深陷,嘴微微张开。我站在床前,咬着嘴唇,我在心里讲了一句话,我等着你的回答。

你没有声音。朋友把面纱给你盖上。另一个友人带来两束鲜花放在你的身边。看护小姐要我们退出病房。我们站在窗前阶上等候殡仪馆的柩车。这等待的时间是很痛苦的。我们谁都不愿讲一句话。我不平地问着自己:这就是死么?你一生就这样地完结了么?我不忍回答。死毁坏了一切。你原说过你等着我回来有许多话要对我讲,有一些梦要我帮忙你实现。现在这一切都成了一阵烟,一阵雾。你没有能讲出什么来,也不曾从我这里得着什么安慰。你默默地走了。据那个朋友说,你临死时只发出一声轻微的叹息。

下午两点钟你的遗体在上海殡仪馆中入殓。九天后我们把你葬在虹桥公墓。活着你是孤零零一个人,死了你也是孤零零一个人。你留下两部未完成的译稿[1],一部已译完待整理的中篇小说《女巫》[2],一本已付印的三幕剧《战争》,一本法国通俗小说《无名岛》,和十多篇零碎的短篇译文。此外便是朋友和学生对你的敬爱的纪念了。

从墓地回来,我非常疲倦。我已决定两天以后回重庆去。我坐在你住了五年的楼房里,回想着我这一个月来的上海生活。我来,我去,你病,你死,一切都是这么匆匆。我再想到在这短短的聚合中你对我说过的那些话,那些事,我才明白你是这世界上最关心我的一个人。可是在我多么需要你的时候,你却永远离开我去了。

"活了四十多年,没有做出什么事情,这是多可悲的事。"你对我说过这样的话。可是你死得并没有遗憾。你活着时没有害过谁,反而常常把你有限的收入分给别人。你做过十年的中学教员,不少的学生得过你的益处,他们常常带着敬爱谈起你,但是你自己却喜欢谦逊的平凡生活,始终不让人把你看作青年的导师。你像一根火柴,给一些人带来光与热,自己却卑微地毁去。你虽然默默无闻地过了一生,可

1　指岗察洛夫《奥布诺莫夫》和威尔斯《莫洛博士岛》。

2　亚·库普林著。

是你并没有白活。你悄悄地来到这个世界,又悄悄地走了。你不愿意惊动别人,但是你却播下了爱的种子。再过四十年你的纪念也不会死的。……

我睁开眼睛,屋子里还是静静的。有人在二楼讲话,还有人在笑。在半点多钟的时间里我又经历了过去二十三年的悲欢。现在是你死后的第六个月了。我真疲倦,我想休息。我应该暂时把你的事忘掉了。我站起来。

可是在离我们家乡不远的地方有一个称你作“亲爱的爹爹”的女孩,我不能忘记她。那是我们大哥的女儿,在她很小的时候就“过房”给你的。这个多情的孩子没有见过你,却十分爱你。她把许多梦寄托在你的身上。在八九岁的年纪,她就常常说:“我要到下面去找我的爹爹。”现在她已经做了两年小学教师,却始终得不到跟你见面的机会,而且永远不会有这样的机会了。我不愿伤害她的心,把你的死讯瞒着她。但是她那敏感的心已经猜到了一切。人告诉我,有好几个星期天,她回到家里不笑,也不讲话,最后她生母问她为什么不给她的“爹爹”写信,她哭着回答:“用不着了。”她知道她一切的梦全破了。为什么不让她和你见一面,住一个时候?为什么不给她一个机会,让她对你倾吐她的胸怀,叙说她的梦景?她喜欢音乐,像你一样;她热诚待人,像你一样;她正直,她无私心,也像你一样。你们在一块儿,应该是一对最理想的父女。为什么她这个小小的要求也不能够得到满足?让她在这样的年纪就尝到永不磨灭的悲哀?

没有人来回答我这些不平的疑问。你已经和平地安息了。可是那个善良的孩子前面还有长远的岁月。她最近还来信诉说她的悲痛。我无法安慰她。我希望你的纪念能够给她勇气,使她好好地活下去,让她能够得到一般年轻人应当享受的人间幸福。可怜的孩子!

巴金（右）与吴克刚

关于克刚[1]

我记不清楚在哪一卷上写过关于克刚的几句话。我希望他看到了它们。八九年克刚回国，我在华东医院治病，他多次来病房看我。我们没有谈过去的事，他不知道我对他仍然怀有感激之情，他也不知道我以前写小说讽刺过他，自己感到后悔。他今天还在写《九十老人回忆录》，他的兴致很高。他身体好，又会瑜伽功，一定比我长寿。那么我再说一遍："我在巴黎短短几个月里受到他们的影响，我才有今天！"另一个人是卫惠林，他回到了祖国，在泉州病逝。

1 写于一九九四年五月二十日。

怀念烈文[1]

好久，好久，我就想写一篇文章替一位在清贫中默默死去的朋友揩掉溅在他身上的污泥，可是一直没有动笔，因为我一则害怕麻烦，二则无法摆脱我那种“拖”的习惯。时光水似的一年一年流去，我一个字也没有写出来。今天又在落雨，暮春天气这样冷我这一生也少见，夜已深，坐在书桌前，接连打两个冷噤，腿发麻，似乎应该去睡了。我坐着不动，仍然在“拖”着。忽然有什么东西烧着我的心，我推开面前摊开的书，埋着头在抽屉里找寻什么，我找出了一份剪报，是一篇复印的文章。“黎烈文先生丧礼……”这几个字迎面打在我的眼睛上，我痛了一阵子，但是我清醒了。这材料明明是我向别人要来的，我曾经想过我多么需要它，可是我让它毫无用处地在抽屉里睡上好几个月，仿佛完全忘了它。我也很可能让它再睡下去，一直到给扔进字纸篓送到废品回收站，倘使不是这深夜我忽然把它找了出来。

我过去常说我这一生充满着矛盾，这还是在美化自己，其实我身上充满了缺点和惰性，我从小就会“拖”和“混”，要是我不曾咬紧牙关跟自己斗争，我什么事也做不成，更不用说写小说了。那么我怎么会

1 写于一九八〇年五月二十四日。

在深夜找出这份关于亡友的材料呢？可以用我在前一篇《随想》里引用过的一句话来解释："我从日本作家、日本朋友那里学到了交朋友、爱护朋友的道理。"当初讲了这句话，我似乎感到轻松，回国以后它却不断地烧我的心。我作访日总结的时候并没有提起这样一个重大的收获，可是静下来我老是在想：我究竟得到什么、又拿出了什么；我是怎样交朋友、又怎样爱护朋友。想下去我只是感到良心的谴责，坐立不安。于是我找出了放在抽屉里的那份材料。

是这么一回事。我记不清楚了，是在什么人的文章里，还是在文章的注释里，或者是在鲁迅先生著作的注解中，有人写道：曾经是鲁迅友好的黎烈文后来堕落成为"反动文人"。我偶然看到了这句话，我不同意这样随便地给别人戴帽子，我虽然多少知道一点黎的为人和他的情况，可是我手边没有材料可以说清楚黎的事情，因此我也就不曾站出来替他讲一句公道话，(那时他还活着，还是台湾大学的一位教授。)这样，流言(我只好说它是"流言")就继续传播下去，到了"四人帮"横行的时期，到处编印鲁迅先生的文选，注释中少不了"反动文人黎烈文"一类的字句，这个时候我连"不同意"的思想也没有了，我自己也给戴上了"反动学术权威"的帽子，我看到鲁迅先生的作品选集就紧张起来，仿佛又给揪到批判会上，有人抓住我的头发往上拉，让台下的听众可以看到我的脸。这就是使我感到奇耻大辱的两种"示众法"。它们的确让我受到深刻的教育。只有身历其境，才懂得是甘是苦。自己尝够戴帽子的滋味，对别人该不该戴帽子就不会漠不关心；自己身上给投掷了污泥，就不能不想起替朋友揩掉浊水。所以我的问题初步解决以后，有一次"奉命"写什么与鲁迅先生有关的材料，谈到黎烈文的事情，我就说据我所知黎烈文并不是"反动文人"。我在一九四七年初夏，到过台北，去过黎家，黎的夫人、他前妻的儿子都是我的熟人。黎当时只是一个普通的教授，在台湾大学教书，并不受重视，生活也不宽裕。我同他闲谈半天，雨田[1]也参加我们的谈话，他并未发表过反动的意见。他是抗战胜利后就从福建到台北去工作的，起初在报馆当二三把手，不久由于得罪上级丢了官，就到台湾大学，课不多，课外仍然从事翻译工作，介绍法国作家的作品，其中如梅里美的短篇集就是交给我编在《译文丛书》里出版的。雨田也搞点翻译，偶尔写一两篇小说，我离开台北回上海后，烈文、雨田常有信来，到上海解放，我们之间音信才中断。我记得一九四九年四月初马宗融在上海病故，黎还从台北寄了一首挽诗来，大概是七绝吧，其中一句是“正值南天未曙时”，语意十分明显。一九四七年黎还到过上海，是在我去过台北之后，住了半个多月，回去以后还来信说：“这次在沪无忧无虑过了三星期，得与许多老朋友会见，非常痛快。”他常到我家来，我们谈话没有拘束，我常常同他开玩笑，难得看见他发脾气。三十年代我和靳以谈起烈文，我就说同他相处并不难，他不掩盖缺点，不打扮自己，有什么主意、什么想法，都会暴露出来。有什么丢脸的事他也并不隐瞒，你批评他，他只是微微一笑。就是这样一个人，我始终没有发见他有过反动的言行，怎么能相信或者同意说他是反动文人呢？

不用说，我的意见没有受到重视，因为在我的身上还留着别人投掷的污泥；而且要给一个人平反、恢复名誉，正如我们的一句常用语：“要有一个过程”，也就是说要先办一些手续，要得到一些人的同意，可是谁来管这种事呢？

不久我就听说烈文病故，身后萧条，但也只是听说而已。一九七

1　即黎太太。

八年我到北京开会，遇见一位在报社工作的朋友，听他谈起雨田的情况，我才知道烈文早在一九七二年十一月就已离开人世，雨田带着孩子艰苦地过着日子，却表现得十分坚强。我托朋友给我找一点关于他们的材料，并没有结果。后来我偶尔看到几本香港出版的刊物，有文章介绍台湾出来的作家，他们都用尊敬的口气谈起他们在台大的"黎烈文老师"，这件事给我留下深的印象。去年有一个年轻的华侨作家到我家来访问，我提起黎的名字，她说他们都尊敬他，她答应寄一篇文章给我看看。她回到美国不久文章果然寄来了，就是那篇《黎烈文先生丧礼所见》。我收到它的当时没有能认真地阅读就给别的事情打岔，只好拿它匆匆地塞进抽屉里，以后想起来翻看过一次，也有较深的印象，但还是无法解决杂七杂八的事情的干扰，过两天印象减淡，很快就给挤进"遗忘"里去了。在"四害"横行之前十几年中间我也常常像这样地"混"着日子，不以为怪。在"四人帮"垮台之后再这样地"混"日子，我就渐渐地感到不习惯、感到不舒服了。我的心开始反抗，它不让我再"混"下去。早已被我忘却了的亡友的面貌又出现在我的眼前。于是我开了抽屉，不仅是打开抽屉，我打开了我的心。

我和烈文第一次见面是在一九三三年，他还在编辑《申报》的《自由谈》副刊。他托人向我约稿，我寄了稿去，后来我们就认识了。但是我和他成为朋友却是在一九三五年年尾，我从日本回来担任文化生活出版社编辑工作的时期。到了一九三六年下半年我们就相熟到无话不谈了。那时几个熟人都在编辑文学杂志，在《作家》、《译文》、《文季月刊》[1] 之后，烈文主编的《中流》半月刊也创刊了。这些人对文学和

1 《作家》，孟十还主编；《译文》，黄源主编；《文季月刊》，靳以主编。

政治的看法并不是完全一致，但是我们有一个共同的感情，就是对鲁迅先生的敬爱。烈文和黄源常去鲁迅先生家，他们在不同的时间里看望先生，出来常常对我谈先生的情况，我有什么话也请他们转告先生。据我所知，他们两位当时都得到先生的信任，尤其是烈文。鲁迅先生从来不发号施令，也不向谁训话，可是我们都尊重他的意见。先生不参加“文艺家协会”，我们也不参加，我还有个人的原因：我不习惯出头露面，不愿意参加社会活动。“文艺家协会”发表了一份宣言，不少的作家签了名。鲁迅先生身体不好，没有能出来讲话，我们也没有机会公开表示我们对抗日救亡的态度。有一天下午烈文同我闲谈，都认为最好我们也发一个宣言，他要我起草，我推他动笔，第二天我们碰头，各人都拿出一份稿子，彼此谦让一阵，烈文就带着两份稿子去见鲁迅先生。他在先生那里把它们合并成一份，请先生签上名字，又加上《中国文艺工作者宣言》这个标题，再由他抄录几份，交给熟人主编的刊物《作家》、《译文》、《文季月刊》分头找人签名后发表出来，因此各个刊物上签名的人数和顺序并不相同。这就是《宣言》“出笼”[1]的经过，可以说这件事是他促成的。

过三个多月鲁迅先生离开了我们，我和烈文都在治丧处工作，整天待在万国殡仪馆，晚上回家之前总要在先生棺前站立一会，望着玻璃棺盖下面那张我们熟悉的脸。或者是烈文，或者是另一个朋友无可奈何地说一声：“走吧”，这声音我今天还记得。后来我们抬着棺木上灵车，我们抬着棺木到墓穴，有人拍了一些照片，其中有把我和烈文一起拍出来的，这大概是我们在一起拍时惟一的照片了，而且我也只

1　“文革”期间习用的语言。

是在当时的报刊上看见，那些情景今天仍然鲜明地留在我的脑子里。

这以后又过了两个月，在上海出版的十三种期刊，被国民党政府用一纸禁令同时查封了。其中有《作家》和《文季月刊》。《中流》半月刊创刊不久，没有给刀斧砍掉，烈文仍然在他家里默默地埋头工作，此外还要照顾他那无母的孩子。刊物在发展，读者在增多，编辑工作之外他还在搞翻译，出版不久的《冰岛渔夫》受到越来越多的读者的注意。但是不到一年，“八·一三”日军侵犯上海，全面抗战爆发，刊物停顿，他也待不下去，我们在一起编了两三期《呐喊》之后，他就带着孩子回到湖南家乡去了。第二年三月靳以和我经香港去广州，他还到香港同我们聚了两天。下次我再看见他却是十年以后了，靳以倒在福建见过他，而且和他同过事，就是说为他主持的改进出版社编过一种文艺杂志。因此我后来从靳以那里和从别的朋友那里知道一点他的情况。他做了官，但官气不多，思想也还不是官方的思想。我也在《改进文艺》上发表过小说。

烈文就这样一直待在福建。抗战胜利后陈仪去台湾，他也到了那里，在报社工作。他相信做过鲁迅先生的同学又做过国民党福建省主席和台湾省行政长官的陈仪，后来他得罪了报社的上级，丢了官，陈仪也不理他了。他怀着满腹牢骚到台湾大学教几小时的课，他在给我的信中一则说：“我也穷得厉害。”再则说：“这半年来在台北所受的痛苦，特别是精神方面的，这次都和朱洗痛快地说了。”他还说：“我一时既不能离开台北，只好到训练团去教点课……”他又说：“训练团也混蛋，（信）既不转给我，也不退还邮局，一直搁在那边。”五十年代初期连陈仪也因为对蒋介石“不忠”在台北给枪毙了。后来我又听到黎烈文牵连在什么要求民主的案件里被逮捕的流言。又过若干年我得到了关于他的比较可靠的消息：患病死亡。

但是我怎样给亡友摘去那顶沉重的“反动文人”的帽子、揩去溅在他身上的污泥浊水呢?

感谢那位远道来访的女士,她从海外寄来我需要的材料,过去在台北期刊上发表的文章,一篇很普通的文章,叙述和感想,只有短短的四页。没有装饰、没有颂扬,似乎也没有假话,但是朴素的文字使我回想起我曾经认识的那个人。我抄录几段话在下面:

“很少的几副挽联和有限的几只花圈、花篮也都是那些生前的老友和学生送的。”

“他躺在棺木中,蜡黄的面孔似乎没有经过化妆。……只有少数要送葬到墓地的人陪着哀伤的台静农先生谈论黎先生的事迹。”

“黎先生就这样走了,平日里他埋头写作,不求闻达;死了以后仍然是冷冷静静地走上他最后一段路程。”

“……晚报报道黎先生卧病的消息以后,曾经有些机关派人前往黎府送钱,但深知黎先生为人的黎太太怎样说也不接受。……我觉得这正是黎先生‘不多取一分不属于自己的东西’的风范。”

我仿佛也参加了老朋友的葬礼,我仿佛看见他“冷冷静静地走上他最后一段路程”。长时期的分离并不曾在我们之间划一道沟,一直到死他还是我所认识的黎烈文。

“埋头写作,不求闻达”,这是他从福建的那段生活中、从到台湾初期碰钉子的生活中得到的一点教训吧,我起初是这样想的,但接着我便想起来:三十年代在上海他不也就是这样吗?那么我可以这样说吧:有一段时期他丢开了写作,结果他得到了惩罚。但最后二十几年中他是忠于自己的,因此在他工作过的地方出现了许多“从黎先生那里直接间接获得很多东西的文化界人士”。

用不着我替死者摘帽,用不着我替他揩拭污泥,泥水四溅、帽子乱飞的日子是一去不复返的了。那一笔算不清的糊涂账就让它给扔到火里去吧。在那种时候给戴上一顶“反动”的帽子是不幸的事,但是不给戴上帽子也不见得就是幸运。一九五七年我不曾给戴上“右派”帽子,却写了一些自己感到脸红的反“右”文章,并没有人强迫我写,但是阵线分明,有人一再约稿,怎么可以拒绝!“文革”期间我靠边早,没有资格批判别人,因此今天欠债较少。当然现在还有另一种人,今天指东,明天指西,今年当面训斥,明年点头微笑,仿佛他一贯正确,好像他说话从不算数。人说“盖棺论定”,如今连这句古话也没有人相信了。有的人多年的沉冤得到昭雪,可是骨头却不知道给抛到了什么地方;有的人的骨灰盒庄严地放在八宝山公墓,但在群众的心目中他却是无恶不作的坏人。我不断地解剖自己,也不断地观察别人,我意外地发见有些年轻人比我悲观,在他们的脑子里戴帽或摘帽、溅不溅污泥都是一样。再没有比“没有信仰”、“没有理想”更可悲的了!

我不能不想起那位在遥远地方死去的亡友。我没有向他的遗体告别,但是他的言行深深地印在我的心上。埋头写作,不求闻达,“不多取一分不属于自己的东西”,这应当是他的遗言吧。

只要有具体的言行在,任何花言巧语都损害不了一个好人,黑白毕竟是混淆不了的。

怀念卫惠林[1]

最近翻看《全集》，在二十一卷的代跋中我读到一段自己的心里话。话很简单，是关于两位老友的，他们就是与我同船去法国的卫惠林和在巴黎火车站迎接我和卫的吴克刚。我说："那个时期他们对我有大的帮助，我用在书中的一些知识、一些议论、一些生活，都是来自他们，我吸收了各式各样的养料，没有感谢过他们。只有声明搁笔的时候，躺在病床上我想着：倘使当初我的生活里没有他们，那么我今天必然一无所有。"

的确我没有忘记他们。本年五月在杭州养病，我曾坐车经过俞楼的旧址，只有一片草地，我好像看见一对中年夫妻从黑色楼房里走出来，向我招手。我睁大眼睛，还是一片绿色。原来我又想起了过去的事情。

我和卫一九二五年在上海认识，后来同去巴黎，住了一个时期。我们是好朋友，都翻译过克鲁泡特金的《伦理学》。可是我们之间常有分歧，差不多天天争论，彼此都不能说服对方。分开了还要通信争辩。我的《爱情三部曲》在《文艺月刊》连载的时候，他写了几封信发表意

1　写于一九九四年七月二十九日。

见。我们讨论,也可以说他在帮忙我写这部小说,他劝阻我不要沉浸在阴郁的心情中写小说,他担心我的“文学生命”不能持续下去,也是出于好意。

我们常常这样各行其是。四八年年底卫全家南迁广州,我曾去麦根路车站看望他们。这以后音书断绝几十年,然后“小胖”回国讲学。

“小胖”是惠林的小女儿,我的脑子里没有一点她的印象。她来上海,我正外出开会,未见到她,她再次经过上海,在机场给我通了电话,过几天她就住到我家里来了。其实也只住了几天。她乐观、活泼、热情。她在天津南开大学参加了有关建筑学的会议,她很想回国工作。我不理解她的打算,还劝她多加考虑。

接着卫惠林也在八二年回来了。几次见面谈得融洽。他去各处作民俗学方面的学术报告,很忙,也很愉快。一天,他在我家吃晚饭,谈起一件小事,不知怎样他忽然生了气。批评我不敢讲真话。我不接受批评,但也不曾反驳。这样一来我有些准备好的心里话也没有机会倾吐了。

他去了四川,我们通过电话告别。他后来又到南方。万想不到这年十一月上旬的一个夜晚我在家摔跤骨折,住医院七个月,也未能找人同他联系。第二年春节期间他到广东曲江探亲,中风发病,“小胖”回国接他返美治疗。这些我以后才知道。我后来还听说“小胖”要回国工作移家泉州,担任黎明大学教授,一面照顾父亲。她的信来了,原来她患了不治之症,靠药物延续生命,她要找一个有意义的事业来投入,不愿白白地浪费有限的生命。她学了一点本事,是一位建筑设计师,她要在先人生长的故土上修得广厦千万间。

她的信好像拴住我的心,拼命拿它震摇。原来她在和晚期癌症作斗争,争夺时间。我盼望她得到胜利,然而她失败了。我的身体也一天天地坏起来。手不听指挥,写字更困难,音讯又断了。

就在这个时候又传来了好消息,卫惠林由儿子卫西陵陪伴回国,在泉州定居。我见到他的几张照片,那是一个小老头,一个陌生的小老头,脸上木然的表情。……我不便旅行,但我的兄弟李济生不久要去黎明大学开会, 他会让我知道卫的情况。没有想到不等到会议开幕,我就收到泉州发来的电报,卫西陵通知我:父亲病逝了。我马上发出了唁电,里面有这样的表示感谢的句子:对于我的人格的发展他有大的帮助。只有这么一句,卫西陵是不会理解的,卫惠林又没有机会见到它,我想用这句心里话和老友告别的,为什么不早讲出来,写出来,让他知道? 现在反复地讲,重复地写,甚至在书市流传,我们二三十年代的友情也已无人理解了。我只好把那一切想说而未能说出来的话永远咽在肚里了。永远! 永远!

我为这个"永远"感到痛苦。心里一片空虚。我又求助于照片,我又把泉州寄来的那几张在面前摊开。一个同我一样的陌生的小老头,一张同样投有表情的脸……我能够坚持下去?

惠林走了,我留不住他。"小胖"走了,我也留她不住。他们热爱生活,为争取生命进行斗争,没有取得胜利,但是"小胖"在我的园子里留下了什么,那就是四十年开一朵花的沙漠植物。

我不知道有这样一种植物,也不曾见过这种花,可是我好像成天听见她那年轻的声音反复对我解释:只有开出花来,生命才有意义!

怀念叶非英兄[1]

一

三十年代头几年我去过福建三次，广东一次，写了一本《旅途随笔》和几篇小说，那些文章里保留着我青年时期的热情和友谊的回忆。那个时期我有朋友在泉州和新会两地办学校。他们的年纪和我相差不远，对当时许多社会现象感到不满，总觉得“五·四”运动反封建没有彻底，封建流毒还在蚕食人们的头脑；他们看见帝国主义侵略者在我们国土上耀武扬威，仿佛一块大石压在背上使他们抬不起头来；“金钱万能”的社会风气又像一只魔手掐住他们的咽喉。他们不愿在污泥浊水中虚度一生。他们把希望寄托在青年一代的身上，想安排一个比较干净的环境，创造一种比较清新的空气，培养一些新的人，用爱集体的理想去教育学生。他们中有的办工读学校，有的办乡村师范，都想把学校办得像一个和睦的大家庭，关上校门就仿佛生活在没有剥削的理想社会。他们信任自己的梦想（他们经常做美丽的梦！），把四周的一切看得非常简单。他们甚至相信献身精神可以解决任何

1　写于一九八六年七月三日。

问题。我去看望他们,因为我像候鸟一样需要温暖的阳光。我用梦想装饰他们的工作,用幻想的眼光看新奇的南方景色。把幻梦和现实混淆在一起我写了那些夸张的、赞美的文章,鼓励他们,也安慰我自己。今天我不会再做那样的好梦了。但是我对他们的敬佩的感情几十年来并没有大的改变,即使他们有的已经离开世界,有的多年未寄信来,我仍然觉得他们近在我的身边;我还不曾忘记关于他们我讲过的话:

> 他们也许不是教育家,但他们并不像别的教师那样把自己放在学生的上面,做一个尊严的先生。他们生活在学生中间,像一个亲爱的哥哥分担学生的欢乐和愁苦,了解那些孩子,教导那些孩子,帮助那些孩子。
>
> 他们只知道一个责任,给社会"制造"出一些有用的好青年。

一九六二年初我去海南岛旅行,在广州过春节,意外地见到那位广东新会的朋友,交谈起来我才知道一些熟人的奇怪的遭遇和另一些熟人的悲剧的死亡。我第一次证实我称为"耶稣"的友人已经离开我们。回到上海我翻出三十年代的旧作。"我说我的心还在他们那里,我愿把我的心放在他们的脚下,给他们做柔软的脚垫,不要使他们的脚太费力。"我因为漂亮的空话感到苦恼,我不曾实践自己的诺言。为了减轻我的精神上的负担,我考虑写几篇回忆和怀念,也曾把这个想法对几位朋友讲过。可是时间不能由我自己支配,我得整天打开大门应付一切闯进来的杂事,没有办法写出自己想写的文章。于是空前的"大革命"来了。我被迫搁下了笔,给关进了"牛棚",我也有了家破人亡的经验,我也尝够了人世的辛酸。只有自己受尽折磨,才能体会别人的不幸。十年的苦难,那一切空前的"非人生活",并不曾夺去我的生命，它们更不能毁灭我怀念故友的感情。几年中间我写了不少怀旧的文章，都是在苦思苦想的时候落笔的。我只写成我打算写的文章的一部分，朋友们读到的更少。因此这三四年中常有人来信谈我的文章，他们希望我多写，多替一些人讲话，他们指的是那些默默无闻的亡友，其中就有在福建和广东办教育的人。我感谢他们提醒我还欠着那几笔应当偿还的债。只是我担心要把心里多年的积累全挖出来，我已经没有这样的精力了。那么我能够原封不动地带着块垒离开人世吗？不，我也不能。我又在拖与不拖之间徘徊了半年，甚至一年。于是我拿起了笔，我的眼前现出一张清瘦的脸，那就是叶非英兄，我并没有忘记他。恰好我这里还有一封朋友转来的信，是朋友的友人写给朋友的，有这样一段话：

顺便提一下：我有一个我十分敬重的老师和朋友叶非英先生（巴老在他的散文集《黑土》里称他为“耶稣”），冤死，已平反。在他蒙冤的时候，巴老写过一篇至少是表示和他“划清界限”的文章。我恳望，巴老如果要保留这篇文章，那就请加以修改。死者已无法为自己说话，而他，以我对他的认识，我相信他总是带着对巴老的深挚友谊逝去的。

我首先应当请求写信人的原谅，我引用这段话，并没有征求他的同意。说实话，要不要引用它、发表它，我考虑了很久，他这封不是写给我的信，在我这里已经放了一年，对他提出的问题我找不到解答，就没有理由退回原信。我一直在想我是不是写过文章说明我要跟“耶稣”“划清界限”，我实在想不起来。我称非英为“耶稣”，自己倒还记得，那称呼是从我的第一本游记《海行杂记》里来的。《杂记》中有一节《耶稣和他的门徒》，我将同船的一位苦行者称为耶稣。认识非英后，我一方面十分敬佩他的苦行，另一方面对他的作法又有一点小意见，曾经开玩笑地说他是我们的"耶稣"。但那是一九三三年以后的事了。我究竟在哪一篇散文里用过这个称呼呢？我想起了《黑土》之前的《月夜》，一九三四年十二月在日本横滨写成的散文。当时在山上友人家小小庭园内散步的情景历历在目。我从十年浩劫中残留下来的旧作堆里找到几本不同的旧版散文集《点滴》，翻出《月夜》来查对，解放前的各版中都有这样的一段："但是要将碎片集在一起用金线系起来，要在这废墟上重建起九重的宝塔，怀着这样大的志愿的人是有的，我们的'耶稣'就是一个；还有×××。这两人将永为我一生最敬爱的朋友吧。"后面还有关于另一位朋友的三句话。但是在一九六一年五月南国出版社港版《点滴》中这一段话从"我们的耶稣"起却改为"朋友Y就是其中的一个。虽然他有着病弱的身体，但是他却在做着一个健康人的工作。他将永为我的敬爱的朋友吧。他的质朴、勇敢和坚定在我的胸膛里点起了长明灯。"这最后一句原来也有，但它是用来讲另一个朋友的，在这个修改本中另一个朋友的名字给删掉了，我就改用它来赞美叶非英，觉得更恰当些，因为我从日本回上海，听说另一个朋友已经做了官。这也说明我写文章，谈印象，发议论，下结论，常常有些夸张，轻易相信一时的见闻，感情冲动时自己控制不住手中的笔。一九七八年我在两卷本《选集》后记中说："我也曾把希望寄托在几位好心朋友的教育工作上，用幻想的眼光去看它们，或者用梦代替现实，我写过一些宣传、赞美的文章，结果还是一场空。"这些话有点像检讨，其实是在替自己解释，但"还是一场空"却是我的真实的感受。

上面说的这次修改是什么时候搞的，我已经记不起了，南国出版社印的是"租型本"，纸型一定是早改好的，那么可能是解放初期的改订本。我又翻看一九六一年十月出版的《文集》第十卷，《月夜》还给保留着，可是关于“朋友 Y”的整整一段都没有了，代替它的是六个虚点，说明这里有删节。这删节和上一次的删改都是我自己动手做的，用意大概就是让读者忘记我在福建有过几个办教育事业的朋友，省得在每次运动中给自己添麻烦。我今天还感到内疚，因为删节并不止一次。我编印《文集》第十卷，还删去了《短简》中的那篇《家》，那是一九三六年写的一篇书信体散文，后来收在《短简》集里，一九三七年和一九四九年共印过两版，文章里也提到“被我们称为耶稣的人”，我接着说：“他的病怎样了？他用工作征服了疾病，用信仰克服了困难。我从没有见过如此大量、如此勇敢的人。大家好好地爱惜他吧，比爱自己还多地爱这个人吧。我知道你们是能爱他的。”《短简》以后不曾重印，编入《文集》时我删去了这封公开信。这也就是所谓“划清界限”吧。我只说：“感到内疚”，因为我当时删改文章确有“一场空”的感觉，我也为那些过分的赞美感到歉意。所以我重读旧作，我并不脸红，我没有发违心之论。不像我写文章同胡风、同丁玲、同艾青、同雪峰“划清界限”，或者甚至登台宣读，点名批判；自己弄不清是非、真假，也不管有什么人证、物证，别人安排我发言，我就高声叫喊。说是相信别人，其实是保全自己。只有在“反胡风”和“反右”运动中，我写过这类不负责任的表态文章，说是“划清界限”，难道不就是“落井下石”?！我今天仍然因为这几篇文章感到羞耻。我记得在每次运动中或上台发言，或连夜执笔，事后总是庆幸自己又过了一关，颇为得意，现在看来不过是自欺欺人。终于到了“文革”发动，我也成为“无产阶级专政死敌”，所有的箭头都对准我这个活靶子，除了我的家人，大家都跟我“划清界限”，一连十载，我得到了应得的惩罚，但是我能说我就还清了欠债吗？

二

近两三年我的记忆力衰退很快又很显著。《文集》第十卷中明明有《黑土》,《黑土》中明明有《南国的梦》,我拿着书翻了两天,只顾在《旅途随笔》中追寻《南国的梦》。只有写完本文的第一节,昨天我才发见在另一篇《南国的梦》里我的确写了不少叶非英兄的事情。说不少其实也不算多,因为我同非英就只见面几次。用《南国的梦》作题目,我写过两篇短文,第一篇是一九三三年春天在广州写的,那时我刚刚去过泉州,在他的学校里住了一个多星期,带走了较深的印象,我一直在思考,我的心始终无法平静,我又准备到广东朋友新办的乡村师范去参观,因此文章写得短,也没有讲什么事情。第二篇是一九三九年春天在上海脱稿的,我从桂林经过温州坐船回到上海,不久在报刊上看到日本侵略军占领鼓浪屿的消息,想念南国的朋友和人民,在痛苦和激动的时候我写了像《南国的梦》那样的"回忆"文章,叙述了我三访泉州和几游鼓浪屿的往事。我手边没有当时在上海刊行的文学小丛书《黑土》,不过我记得它就只印过一次,一九五九年我编印《文集》第十卷时对这篇回忆也不曾做过大的改动,我只是在文章的最后加了一个脚注。我这样说:

这篇回忆是在我十分激动的时候写成的。我当时写的并不是真实的人,大部分是我自己的幻想。一九四七年我在上海再见到"耶稣",我对他的看法已经改变了。我最近在一篇文章里说过这样的话:"我也曾把希望寄托在几位朋友的教育工作上,用幻想的眼光去看它们,或者用梦想代替现实,用金线编织的花纹去装饰它们,结果还是

派，等等等等。右派分类学有了这样创造性的大发展之后，大家不得不承认一个新的事实：那么多、那么多的人给错划成了右派。于是不得不一件冤案一件冤案地平反昭雪。

关于反右、划右、平反、改正的长过程我也知道一些，但是我不想在这里多讲了。为了保护自己我也曾努力扮演反右战士的角色，我不敢站出来替那些受害者讲一句公道话。帽子是别人给受害者戴上的，污水是别人泼到受害者身上的，“解铃还须系铃人”。这是历史的报复，也是历史的惩罚。即使在孤寂地死去的叶非英的身上也不会有例外。

我在病中接到广东朋友陈洪有兄的来信，谈起叶非英的事情，他说：“我是五〇年一月回广州的，非英兄继续办新民中学，我也在学校同住了半年，五〇年间非英和我一同参加民盟，不久非英兄被选为广州市越秀区人民代表，我也参加南方大学和土改离开新民中学。五三年新民中学改为十四中学，非英兄成为十四中学教师。我在土改结束后转到十三中学，直到反右斗争时，一个干部问我：‘叶非英在反右斗争中表现怎样？’我说：‘叶非英很沉着，少讲话。’那干部说：‘少讲话，也还是右派。’后来我才听说各单位划右派有一定的指标，凡在指标内的人，不管你多讲话少发言，都不能逃脱右派的帽子。一九五八年我们都去农场劳动，每逢例假回广州，我没有一次见到非英兄，听说他划为极右，在石井劳教场劳动，例假也不能出来。后来听说非英兄不幸死在石井劳教场。有一天我遇见一个与非英兄同在劳教场劳动的熟人，据说：非英兄劳动认真，有人劝他说：‘粮食不够，吃不饱，身体虚弱，你还这样卖力气去劳动，不怕送老命吗？’叶说：‘死了，就算了！’六〇——六一年困难时期粮食欠缺，特别是下去劳动的人经常吃不饱，不得不煮地瓜藤吃。那是喂猪的饲料，饿得发慌的人不得不以猪食充饥，我也吃过无数次，幸而我的身体底子好，没有发病。非英体弱,有一次吃薯藤,发病泻肚,没有及时医治,就这样地在五十几岁离开人世了!”

洪有的信中还讲到给非英平反的经过。人死了,是非却并未消亡,他没有家,没有子女,过去的学生和朋友却不曾忘记他。泉州友人写信给广州市教育局要求落实政策,没有消息。广东朋友找民盟广州市委出面交涉,“要求教育局为叶非英平反”。洪有信中还说:“教育局说市公安局定叶非英为‘反革命’。我追问:‘罪名是什么?’回答是:‘无政府主义“反革命”分子。’我对民盟组织说:‘据我所知,肃反条例并没有这一条。’民盟组织也说‘没有’。我要求民盟组织据理力争,一九八三年五月三十日教育局复函给广州市民盟说:‘关于原广州市第十四中学叶非英同志的问题最近经我局党委复查,广州市公安局批准,撤销广州市公安局一九五八年七月十九日对叶非英同志以历史‘反革命’论处送劳动教养的决定。广州市十四中学已将复查结果通知叶的亲属。’……”

还有一个五十年代初期在广州工作的福建朋友也来信讲起非英当时在广州的情况,信中说:“由于他的教龄长,工资也较高,然而他无论住的、吃的、穿的,还是和过去一样简朴。他和学校的单身教师住在一起,他睡一张单人小床,盖的垫的都是旧棉被和旧棉絮。他自己说,这已经比过去好多了。他在学校里主要担任数学课,据说在附近几所中学里他的教学成绩是比较优异的。有个星期天我们去看他,在学校门口遇见,他正要去学生家里给学生辅导几何课。……这以后我们才知道,节假日不只是学生找他补习,更多是他走访学生家庭,给学生辅导功课。他无所谓休息,走出教室就算休息了。”

叶非英同志的问题已经到了盖棺论定的时候了。他活着,没有人称他同志;他含冤死去,没有人替他讲一句公道话。他宣传过无政府主义，翻印过我年轻时候写的小册子，我翻译的克鲁泡特金的几部著作可能对他有大的影响，因此我几次执笔想为他雪冤总感到踌躇，我害怕引火烧身。这一则“随想”写了好几个月还不成篇。病中无眠，经常看见那张瘦脸，我不能不又想到他的无私的苦行。他的一生是只有付出、没有收入的一生，将心比心，我感到十分惭愧。我没有资格批评他。他不是一个讲空话的人。甚至在三年灾害时期条件差、吃不饱的时候，他还卖力气劳动，终于把生命献给他的祖国和他的人民。

“死了，就算了！”他没有说过一句漂亮的话。关于他的死我又能说什么呢？我翻读洪有的旧信，始终忘不了这样一句：“在那时候，在那样的环境里死一个人不如一条畜生。”我想说：“我比非英幸运，我进了牛棚，却不曾像畜生那样地死去。”我还想说：“一个中国人什么时候都要想到自己是一个人。”

怀陆圣泉[1]

六年前一个夏天的早晨我坐“怡生轮”去海防。圣泉赶到金利源码头来送行。开船时，他和我哥哥都立在岸上对我微笑。我对他们说，两年后再见。

我绝没有想到这就是我和圣泉的最后的一面。

我离开上海后第二年，在成都得到圣泉被捕的消息，那是从桂林传来的，后来又听说他已经出狱。但是我到了桂林才知道他入狱后下落不明。我各处打听，一直得不到确实消息。朋友们见面时，常常谈起圣泉，我们想念他，暗中祝他平安。有时在静夜，我们三四个友人对着一盏油灯围着一张破旧而有油垢的方桌寂寞地闲谈。桂林郊外的寒气从木板壁缝侵入。我们失去了热情。怀念和焦虑在折磨我们。我们的谈话变得没有生气了。我们便安慰自己：“等到抗战胜利了，圣泉就会回到我们中间来的。”

四年来我们就用这个希望来安慰自己的焦虑的心。时光在木板壁缩裂时发出的清脆响声（那是我们静夜中的音乐）中匆匆逝去。抗战终于胜利，我们几个朋友也终于回到上海。可是圣泉一直没有消

---

1 写于一九四六年十一月，上海。

息。他就这样令人不能相信地失踪了。

我不愿相信他已经死亡,所以我不想写纪念他的文章。一个像他那样爱憎分明而且敢爱敢恨的人不能死得这么简单。他有着那么强烈的爱,绝不能不留下一点踪迹。我们固然不能相信他活,但是我们也没有证据证明他死。只要希望未绝,我们愿意等待一生。

虽然他是一个视死如归的人,但他为什么必须死呢?他与其说是被捕,不如说是自首。日本人找不到他,他自己走到捕房去,准备跟那些人讲道理,辩是非。他有着强烈的正义感,他相信敌人也会在正义面前低头。据说他惟一的罪名就是他的口供强硬,他对敌人说,汪精卫是汉奸,大东亚战争必然失败。他可能为这几句真话送命。可是许多干地下工作的人都保全了生命,为什么敌人偏偏毒恨这个赤手空拳的书生,必欲置他于死地?有人揣测他受不了牢中苦楚,患病身亡。但他是一个身心两方面都健康的人,再大的磨炼他也必能忍受。

以上是议论、猜想、担心。而事实却是他那时和两个朋友守着书店[1],书店被抄去两卡车的书,他失去了踪迹。书店保全,他却不见了。我和圣泉相知较晚。“一·二八”沪战后一年我在福建泉州看朋友,在一个私立中学里第一次看见他。可是我们没有谈过十句以上的话。他给我的印象,是一个沉默寡言的人。抗战前两年我参加了书店的编辑工作,第二年他也进来做一部分事情,我们才有了谈话的机会。抗战后,书店负责人相继离去,剩下我们三四个人维持这个小小的事业。我和他都去过内地,但都赶回来为书店做一点事情。共同的工作增加了友情,我们一天一天地相熟起来。在一年半的时间内,我们常常在

---

1 指文化生活出版社。

书店见面。一个星期中至少有一次聚餐的机会,参加的人还有一位学生物学的朋友[1]。我们在书店的客厅里往往谈到夜深,后来忽然记起宵禁的时间快到了,我和那位生物学者才匆匆跑回家去。在那样的夜晚,从书店出来,马路上不用说是冷冷清清的。有时候等着我们的还是一个上海的寒夜,但我的心总是很暖和,我仿佛听完了一曲贝多芬的交响乐,因为我是和一个崇高的灵魂接触了。

我这种说法在那些不认识圣泉或者认识他而不深的人看来,一定是过分的夸张。圣泉生前貌不轩昂,语不惊人,服装简朴,不善交际,喜欢埋头做事,不求人知。他心地坦白,忠诚待人,不愿说好听的话,不肯做虚夸的事。他把朋友的意义解释得很严格,故交友不多。但是对他的朋友,他总是披肝沥胆地贡献出他的一切。他有写作的才能,却不肯轻易发表文章。他的散文和翻译得到了读书界的重视[2],他却不愿登龙文坛。他只是一个谦虚的工作者。但这谦虚中自有他的骄傲。他不是"文豪"、"巨匠",甚至他虽然真正为"抗"敌牺牲,也没有人尊他为烈士。他默默地活,默默地死(假定他已死去)。然而他并不白活,他确实做了一些事情,而且也有一些人得到他的好处。但是这一切和那喧嚣的尘世的荣誉怎么能联在一起呢?那些喜欢热闹,喜欢铺张,喜欢浮光的人自然不会了解他。

在我活着的四十几年中间,我认识了不少的人,好的和坏的,强的和弱的,能干的和低能的,真诚的和虚伪的,我可以举出许多许多。然而像圣泉这样有义气、无私心、为了朋友甚至可以交出自己生命、

---

1 即《蛋生人与人生蛋》等书的作者朱洗。

2 陆圣泉曾用陆蠡的笔名出版了三本散文集:《海星》、《竹刀》、《囚绿记》和三册翻译小说《罗亭》、《烟》(都是屠格涅夫的作品)和拉马丁的《葛莱齐拉》。

重视他人幸福甚于自己的人，我却见得不多。古圣贤所说“富贵不能淫，贫贱不能移，威武不能屈”，他可以当之无愧。

有了这样的朋友，我的生存才有了光彩，我的心才有了温暖。我们平日空谈理想，但和崇高的灵魂接触以后，我才看见了理想的光辉。所以当我和圣泉在一起的时候，我常常充满快乐地想，“我不是孤独的。我还有值得骄傲的朋友。”我相信要是我有危难，他一定会不顾一切地给我援助。

我和他就是这样的朋友。我认识他的心灵，而且和它非常接近。我对人说我了解圣泉，我谈到他的刚直，他的侠义，他那优美的性格和黄金的心。然而要是有人向我问起他的生平，他的家世，甚至他的年龄，我却无法回答，惟一的原因是我不知道。我认识的只是他的人和心，此外便是他的文章。别的，他从未对我谈过，我也始终没有向他问起。胜利后回到上海，我才知道他台州的家里还有年老的双亲和他前妻留下的女儿。在上海我才见到他新婚的太太。听说他和她只过了一个半月的结婚生活。现在她已经空等了四年了。

朋友们登过报找寻他，又曾在各处打听他的下落。有一个时期，我们还梦想第二天早晨他提着一只箱子在外面叩门。又有一个时期我们等待一封不识者的来信，告诉我们圣泉死在何时，埋骨何处。又有一个时期我们盼望着他从太平洋某岛上集中营里，寄来信函，向我们报告他还健在。

但是，这一切都成了一场空，我们又白白地等了一年了。自然我们还得等待下去。难道真要我们等待一生么？

一个崇高的心灵就这样不留痕迹地消失了，这是可能的么？我常常这样问自己。

我知道，万一他还活着，万一他能看到我这篇短文，他一定会责备我:“在中国有那么多的人在受苦,你们为什么只关心到我一个?”

是的,在我们中国每天有千千万万人死亡,许多家庭残破,生命像骨头似的被随意抛掷。一个读书人的死活更不会有人关心。然而就在这样的中国,也有人爱理想,爱正义,恨罪恶,恨权势,要是他们有一天读到圣泉的书,知道圣泉的为人,明白他的爱和恨,那么他们会爱他敬他,他们会跟着我们呼唤他,呼唤他回来,呼唤那个昙花一现的崇高的心灵重回人间。

他明明还活着[1]

我拿起笔写哀悼靳以的文章，总觉得我是在做梦。电话机就放在我的写字台左面的小桌上，我随时等着电话铃响，总以为拿起耳机就会听见他的声音。我写的是第三篇悼文[2]，可是我仍然不愿意相信他已经死亡。我的手边还摊开先前接到的沙汀的来信："刚才看报，知道靳以在七日逝世，我始终无法安静下来。靳以有心脏病，这我早知道，但从感情上说，这个不幸的消息，毕竟来得太突然了！"其实岂止远在成都的沙汀，就是我们几个和靳以朝夕见面的朋友，到现在还不大容易把"死"字跟他连起来。

靳以的确死得太快，死得太突然。十一月六日晚上九点钟他还高高兴兴地和隔壁病房的朋友谈话，睡下来到十二点，他打铃叫护士来，说是气闷，比上次厉害。护士马上给他接氧气，医生也赶来了，他只说一句："难过。"不久他就永闭了眼睛。一共只有十六分钟。没有一个熟人在他的身边。他没有一句遗言，也没有任何关于死的暗示，在逝世前几小时，他还对人说一两天就要出院。我最后一次到医院看他，是在他去世前三天的黄昏。他看见我就说："你以后不要再来，我

1 写于一九五九年十一月，上海。

2 三篇悼文是指《哭靳以》、《他明明还活着》以及一篇公祭仪式上的悼词。

过两天就要回家了。”他的脸上始终带着笑容。他还在关心他主编的《收获》,还在考虑他的创作计划。在临死前三小时他和病友谈的也还是文学的问题。作协分会的同志正在打算以后送他到别处去疗养,他却一直在为文学事业打主意。没有人看见他因为病皱过眉头。

靳以是一个又直爽、又热情的生龙活虎般的人。在他的身上好像有那么多的精力,那么充实的生命。朋友们常常说:“有了靳以,就热闹了。”或者说:“靳以一来,空气就活泼了,大家的情绪就高了。”每次政治运动一开始,他总是精神饱满地站在前头,他不仅自己向前跑,他也拉着大家一起向前奔。他讲起话来,总是那么兴奋,而且那么愉快。自然他也有精神委顿的时候。不过这种时候很短。更常见的倒是他心情舒畅或者斗志昂扬的时候。有人跟他开玩笑,说他是一个老青年,因为他有年轻人的激情和干劲。他坐不住,闲不了,他的口要讲话,手要写字;他喜欢做工作,也喜欢交朋友,帮助人。他越忙越高兴,精神越好。他一口气写了十五、六篇庆祝建国十周年的文章。他自己说:越写笔越畅快;越是多做工作,越是觉得自己年轻。

今年五月他的入党的要求批准了。他十年来的愿望终于实现了。这以后五个多月中间他特别高兴,工作得更积极,任何跟他接触的人都感觉到他的心在燃烧,他的确得到了党给他的力量。他精神焕发,声音响亮,不论是工作或活动,他都不知道疲倦;他自己忘记了他的病,也使得别人忘记了他的病。

他写的那许多文章,没有一篇不是热情的赞歌,没有一行不渗透作者对新社会的热爱。每一段、每一句都闪烁着生命的火花。这些文章今天还在读者的面前放光发热。不认识靳以的人可能以为作者是一位年轻的歌手,或者冲锋陷阵的勇士。没有人能够相信“死”会轻易地把他抓去!

我看见他的遗容被棺盖遮没，我扶他的灵柩上了柩车，我看见墓穴被石灰填满，我也在石灰上面盖上了一铲土，我又向堆满花圈的坟头行礼告别。可是我仍然不愿意相信他已经死亡。

这几天我一静下来，就想到靳以。不由我自己作主，前前后后将近三十年的事情，我都想到了。我还不是靳以最老的朋友，曹禺才是。但是我第一次看见他，也是二十八年前的事情了。当时在振铎编辑的《小说月报》某一期上，我和他写的两个短篇正好排印在一起，一个熟人介绍他来找我，我们就成了朋友。两年以后我到北平(即现在的北京)从文家做客，又见到他。不久振铎和他在北平创办《文学季刊》，我和别的几位友人在旁边呐喊助威。我后来就搬到三座门大街十四号(这是季刊编辑部，也是靳以的住家)做一个"食客"，帮忙靳以看校样，自己也写点文章。我在三座门住了几个月。每天晚上，对着一盏台灯，我们坐在一张大写字台的两面，工作到深夜。有时我们也放下工作闲谈，谈各人走过的道路和生活里的悲欢。他的正直、纯洁、善良、诚恳、直爽抓住了我的心。那个时候我们的文章里都带了点忧郁的调子，他的忧郁气更浓。在个人的感情生活里受到了伤害，他还没有完全摆脱那些痛苦的回忆。我听他那些带着叹息讲出来的故事，我读他的小说《青的花》和《虫蚀》，我为他感到痛苦，同时也对他进过一些劝告。但是我看见他那么热心、那么负责地进行季刊的编辑工作，我也就放心了。我们的友情就是在这一段时期中发展的。我们在一起工作的时间越久，我们的友谊也越深。

《文学季刊》办到八期停刊，我从上海到北平帮忙他结束这个工作。那时他的母亲患癌症，在天津老家中痛苦地等待死亡。他整天待在家里陪伴母亲。他把全部感情寄托在母亲的身上，用尽力量想减轻她的痛苦。但是他的爱并不能征服死。他埋葬了母亲，不知道流了多少眼泪。然而他的感情的负担去掉了,他的忧郁消失了,他的心情畅快了。一九三六年他来到上海编辑《文季月刊》,就显得精力充沛,心胸开阔,脸上常常露出愉快的笑容,在他的身上再看不到一点哀伤的痕迹。在北四川路良友图书公司楼上一个小房间里,一张靠墙壁的条桌前面,他埋着头聚精会神地工作(写信、读来稿、看校样)。我坐在旁边一张破沙发上,有时抬起头看他,总觉得他正在昂头向着阳光明媚的地方前进。

《文季月刊》只出了七期,就被国民党反动政府毫无理由地明令查禁了,同时被查禁的还有当时在上海出版的十二种刊物。可是靳以并不灰心,他马上就开始另一份月刊的筹备工作。四个月以后他编辑的《文丛》月刊就由上海文化生活出版社发行了。这份小小的刊物给他引来了敌人的明枪暗箭,也使他遇到一些困难,但是他终于在朋友们的鼓舞和帮助下坚持到日本侵略军攻占上海的时候。《文丛》第六期已经打好了纸型,却无法印出。半年后我们到了广州,才有机会让它跟读者见面。这一期上发表了他那首攻击华北宋哲元不抵抗的长诗《我的家乡》。这首诗还是在七七事变以后几天中写成的,可是一直到第二年五月,才有人读到这些激动人心的诗句。

《文丛》在广州复刊后,从第二卷起改为每半个月出版一次。那些在上海常常像鬼影一般压在我们头上的国民党文化特务和大小汉奸暂时离开了我们。不用说,在广州我们经常受到敌人炸弹的威胁。但是我看见靳以越来越坚强,越来越兴奋,而且工作得更愉快,更努力。他自己写过这样的回忆:“我们走到南方的大城市,守在自己的岗位上,坚持我们的工作。……我们的工作是无日无夜地继续着,敌人的轰炸也是无日无夜地继续着。我们是在敌人轰炸的空隙中间工作的,有时就是敌机在头顶上盘旋,我们也还在工作。那时候我们才感觉到工作的愉快,捧出了一本书或是一本杂志,衷心地感到做了一点事的喜悦。”我还记得在广州盐运西一巷的楼上,我们每晚在明亮的电灯光下,对坐在两张拼拢的写字台的两面,一边挥手赶走越来越多的飞蚁和蚊子,一边写文章、写信或者看校样、看来稿。靳以在为《文丛》工作,我是《烽火》旬刊的编辑。这两份刊物并没有被敌人的炸弹毁灭。但是在一九三八年十月,国民党军队在连日捷报声中送掉了广州,我靠了朋友的帮助在敌人进城的前一晚坐船去广西。靳以在前些时候也到了重庆,他说:“到重庆时是初冬,我穿的是一身夏天的衣裳。”我的情形也是一样。至于刊物,《烽火》的原稿已经跟着印刷局化为灰烬,《文丛》刚出完第二卷也就停刊了。

在重庆他开始走进了教育界。他的母校复旦大学聘请他教授中国文学。他当时还认为这是“自己所不情愿的工作”。他没有想到他会在这方面取得很大的收获。他后来才承认,“在我的生命中这是一个极大的转折点,使我从一个人,投身到众人之中,和众人结合成一体了。”从此他便有很多的机会跟青年们接近,受到他们的影响,“从他们那里得到勇气”,和他们共同前进。他热爱这个工作,热爱和他朝夕相处的学生,热爱年轻人热烈追求的光明,和年轻人站在一起勇敢地跟反动势力斗争。他的文章的调子也更明朗了。一九四〇年冬天我在重庆看见他,我觉得他反而年轻了,话讲得多,而且有力量。

那个时候他还在继续写他三年前在上海开始的长篇小说《前夕》。同时他又在编辑《国民公报》的文学副刊《文群》。他每天仍然要分出一些时间来做写信约稿、看稿和写回信这一类的事情。他很高兴为作者和读者服务,他很高兴让更多的年轻人的文章在他编的副刊上出现,让年轻人的声音通过他更响亮地叫起来。

不用说,他越朝前走,越跟青年接近,也越受到反动势力的迫害。

到一九四一年夏天他刚写完《前夕》,就被伪教育部解聘了。他不得不离开乌烟瘴气的重庆,到福建南平师范专科学校去教书。他在福建除了教书、写文章以外,仍然积极进行编辑的工作。他主编过在永安出版的《现代文艺》月刊;他编辑过《奴隶的花果》和《最初的蜜》两册文学集刊;他还和一个朋友计划在南平出版一种大型文艺刊物,创刊预告已经在报上发表,可是因为拿不到登记证,刊物终于无法出版。到一九四四年年初,他又从福建回到了重庆。

日本投降以后,他在一九四六年夏天跟复旦大学全体师生一起迁回上海。他准备在上海出版《文群》月刊。他已经作好了计划,也开始向朋友们约了稿。可是伪社会局一再留难,不发登记证,他也明白国民党反动派不会心甘情愿让他编辑刊物。但是他并不灰心退缩,他始终紧紧握着文艺武器跟反动派斗争到底,他后来参加了《中国作家》[1]的编辑工作,又为上海《大公报》的读者编辑了《文艺》副刊。

解放以后,他的心情更舒畅了,精神更旺盛了。他用了这样的话歌颂上海解放的第一天:"我的精神昂扬,大口地吸着清新的空气;我的心胸开敞,大声歌唱:'我们的队伍来了。'我向着太阳走去,我想向每一个早起的人祝福,想和每一个相识的人热烈拥抱。"他并不是在说空话,他的确热情充沛、勇气百倍地参加各种政治运动,从事各种工作,响应党的号召,投身到火热的斗争中去。他担任过学校行政工作,也担任过文学组织工作,访问过山东老根据地,到过朝鲜前线,去过佛子岭水库,在长春汽车厂进行过采访,在国棉一厂找到了深入生活的基地……茅盾同志说他"直到最后一息还是跟着党在继续跃

---

1 《中国作家》由开明书店发行。

进”,这句话说得多么恰当。

不用说,他不会放弃他心爱的工作。的确,他在一九五〇年和一九五一年还编辑过在上海出版的《小说》月刊(那是周而复同志在香港创办的),以后又为平明出版社编过一套《新中国文艺丛书》。一九五七年他接受了中国作家协会书记处的委托,在同志们的帮助下创办了《收获》双月刊。他为这个刊物付出了艰苦的劳动,也因为读者们的称赞感到喜悦。在编辑工作上他也曾遇到不少的困难,但是他始终依靠党的帮助,鼓足干劲,把它们一一克服。他那种勇往直前的精神常常使我感动,同时我惭愧自己只是在旁边做一点摇旗呐喊的事情。我了解他一心一意要办好刊物,只是为着给欣欣向荣的社会主义文学事业添一点光彩,在万紫千红的百花园里做一名勤恳的园丁。他为每一期《收获》要看一百多万字的来稿。就是在他逝世的前一天他还在批改《收获》的稿件。我最后一次在医院里见到他,他还跟我谈起这一期《收获》的内容。我告诉他,一位苏联朋友在最近一期《旗》杂志上发表了专门介绍《收获》的文章[1]。他很高兴,接着说:“我们应当把《收获》办得更好。”他没有留下别的遗言。那么这就是他的遗言吧。这就是他最后的愿望吧……

我没法在这里记下二十八年中写不尽的大小事情。我的笔只好停留在靳以的编辑工作上面。在他的将近三十年的文学活动中,这个工作占非常重要的地位。他把大部分的精力花在这个工作上,他的确是一个杰出的文学编辑工作者。从一九三三年起,他接连编辑了十种以上进步的大型期刊和文艺副刊,通过这些有独特风格的刊物,团结

---

1 指《中国文学的丰收》。

了很多优秀的作者,为新文学事业培养了不少的新人。今天好些作家的第一篇作品都是在他编辑的刊物上发表的。作家们谈起他,好像在想念一位又亲切又热心的朋友。他已经离开了我们。但是他为我们文学事业花去的心血和付出的劳动,他对祖国和人民的热爱,他对社会主义建设事业的关心,他留下的优秀的作品和热情的赞歌……这一切都不会死亡。它们永远鼓舞人们勇敢地、热情地向着新的光明迈进,向着新的胜利迈进,向着共产主义迈进。

我们不能说他已经死亡。他明明还活着!

《收获》创始人巴金（右）与靳以在创刊的日子里

关于丽尼同志[1]

半年前我写过一篇创作回忆录《关于〈春天里的秋天〉》，谈了一些郭的事情。其实关于郭可谈的事不少，我虽然同他相知不深，可是我的脑子里至今还保留着这个善良人的形象。他的才能没有得到很好的发展，我常常这样想。倘使他有充足的时间，倘使他能够关起门来写作，他一定会给我们留下不少的好作品。我在这里用了"关起门来写作"这个词组，并没有特殊的意义，我只是想说不受到干扰。而在郭，这就是生活上的干扰，在抗日战争爆发以后，上海的小家庭给打掉了，他为了一家人的生活，东奔西跑，最后到国民党政府机关里工作，混一口饭吃。朋友分散了，刊物停了，没有人向他约稿逼稿，他写好文章也不知道该寄到哪里去换稿费。我同他失去联系大约一年的光景，忽然在桂林的街头遇见了他。我是从广州"逃难"到桂林的。他跟着机关从湖南某地迁往四川，经过这里，暂时住在旅馆里面。我们交谈了几句，听见警报声，就匆匆地分别了。当时我准备在桂林复刊《文丛》，向他拉稿，他答应把身边写好的稿子给我。第二天早晨他到东郊福隆街我住的地方来找我，把一篇散文放在桌上。他说，还有好

1　写于一九七九年二月九日。

几篇文章，打算校改后全交给我。他还说，他翻译了契诃夫的几个剧本，译稿都带来了。我们正谈得高兴，警报的汽笛声又响了起来。我们一起从后门出去躲避。

我们这次到了月牙山。在山上庙里看见敌机向城内投弹，看见大股上升的尘土，看见火光。郭担心他的行李，他估计他住的旅馆就在中弹的地区。警报刚解除，他急匆匆下山去。我后来进了城去找他。但是路给拦住了，走不过去。这次大概是这座古城第二次遭到大轰炸，街上乱糟糟的。

下午我进城去找郭。我到了他住的那个旅馆，眼前只有一大堆还在冒烟的瓦砾。他也来了。他想在瓦砾堆里找寻他的东西。有两三个老妈妈和中年人也在挖掘什么。他看见我，摇摇头说："烧光了。"我问他："怎么办？"他笑了笑，说："今天就走，都准备好了。我来看一下。"他的笑中带了点苦味。我问："稿子呢？"我感到留恋，又感到茫然。他说："反正现在没有用，没有人要，烧了也就算了。"我心里难过，知道他也不好过。我还记得一九三三年年尾到一九三四年年初我带着他的散文到北平，终于把它介绍给靳以在《文学季刊》里发表了一组，后来又介绍给上海的黄源在《文学》月刊里发表了另一组，然后在一九三五年年底在上海出版了他的第一个散文集《黄昏之献》，我不仅是丛书的主编，我还是这本集子的校对人。我这样做，只是因为我喜欢他的散文，我甚至想说他的散文中有值得我学习的地方。在《黄昏之献》以后，我还编印了他的两本散文集《鹰之歌》和《白夜》。我准备着编辑他的第四本散文集子。"烧了也就算了"，短短的一句话，仿佛迎头给我一瓢冷水。但是我摇了摇头，我说："不要紧，你再写。你写了给我寄来。"

这一天他离开了桂林。我回到福隆街的老式屋子里，摊开他给我送来的手稿，我读着：

……我记得，在一次夜行车上，我曾经一手搂着发热的孩子，用另一只手在一个小小的本子上，握着短短的铅笔，兴奋而又惭愧地，借着月光，写下了几个大字：

“江南，美丽的土地，我们的！”……

我几乎要叫出声来。他写得多好啊！我记得就在我来桂林之前在广州市一个码头，雇小艇转到我们租赁的木船，小艇沿着河面缓缓地流去，岸上的景物开始变为模糊，我用留恋的眼光看那些熟悉的街道和熟悉的房屋，我不敢想象敌军进城以后它们的“命运”，我不停地在心里说：“广州，美丽的土地，我们的！”那个时候我多么爱这个我们就要失去的美丽的城市！那个时候我才懂得它是多么美丽，多么牵系着我的心。

短短的一句话里包含着多么深、多么丰富的感情。在抗战的年代里我不知道多少次反复说着这一句话，我常常含着眼泪，但是我心里燃起了烈火。甚至就在那些时候我也相信我们美丽的土地是敌人夺不走的。

一九四七年八月我从台北坐车去基隆，在那里搭船回上海。小车飞驰着，南国的芳香使我陶醉，一切是那么明亮，那么茂盛！我上了船，望着美丽的海港渐渐退去、朋友们的挥动的手终于消失的时候，我立在甲板上，身子靠着栏杆，摇着手，低声说：“台湾，美丽的土地，我们的！”

我在一九五九年四月写的一篇庆祝上海解放十周年的文章里，还用了这样一个题目：《上海，美丽的土地，我们的！》。今天单单念着

这个题目,我就十分激动。我在文章的开头写着:

一九三八年一个初冬的夜晚,在桂林郊外的一间平屋里,一位朋友交给我他一篇散文的原稿,我激动地读着那个题目:《上海,美丽的土地,我们的!》……

这里写的是"初冬的夜晚",和我在前面写的"第二天早晨"相矛盾,现在记起来,应当是"早晨"。而且我最近借到了《文丛》第二卷合订本,重读了我提到的那篇散文,它的题目原来是《江南的记忆》。我把这篇散文发表在《文丛》第二卷五六期合刊上,我当时在桂林就只编印了这一册刊物。至于《文丛》第二卷第四期还是在广州排好的,刊物来不及付印,广州就受到敌军的围攻,我带着纸型逃到桂林。刊物的主编靳以早去了四川,大部分稿子,还是他留下来的。

我在桂林印出两期《文丛》,后来经过金华、温州回到上海,在文化生活出版社工作的朋友看到新的刊物,就在上海租界里重新排印出版了合订本,印数仅一千册,送了十多本给我。一九四〇年七月我离开上海经海防去昆明的前几天,忽然听说日军要进租界搜查,我一天得到几次在报馆工作的朋友们的电话。从下午起我燃起火炉,烧信烧书,一直烧到深夜,剩下的七八本《文丛》合订本全烧了。倘使借不到这本书,我今天还弄不清楚那篇散文的题目。

以后我在重庆、在上海还看见郭。他重新翻译了契诃夫的剧本。可是他始终摆脱不了国民党政府机关里的工作,为了他一家人的生活,他默默地拖下去,混下去。全国解放后,他起初在武汉,后来在北京工作。我在北京见过他多次,他讲话很少,只是默默地微笑着,偶尔讲两句有关翻译工作的话,很少谈起散文。他重新翻译了屠格涅夫的长篇小说《前夜》和《贵族之家》,他还校改了陆蠡翻译的小说《罗亭》。

我等待他的第四本散文集,白白地等了多年。《江南的记忆》以后他似乎再也没有写过散文了。他为什么沉默呢?为什么不争取一个机会写出他心里的感情,他热爱社会主义祖国、热爱新社会的感情呢?可能是过去那一段时期的生活像一个包袱沉甸甸地压在他的肩上,他感到举步艰难。他从事电影艺术书刊的翻译。他响应号召去广州担任华侨学生的教师,一九六八年他在“劳动改造”中突然倒在地上,心脏停止了跳动。十年以后一九七八年,广州暨南大学开追悼会,宣布了对他的历史的审查结论,给他恢复了名誉。

在我靠边的期间有人从广州来“外调”郭的事情,我所知有限,他不曾做过什么惊天动地的大事,谈起来,他只是一个心地善良的老好人,一个清清白白、寻寻常常的人。但是他的默默的死亡对我们的文学事业也是一个损失。倘使他能留下一本、两本新的散文,那有多好啊!

“江南,美丽的土地,我们的!”这样响亮的声音,这样深厚的感情!我永远忘记不了《江南的记忆》的作者。

郭的名字是安仁。他发表文章,用了一个奇怪的笔名:丽尼。这是他幼小时候一个女友的名字,这个外国女孩早早地死去了,为了纪念她,他写了《月季花之献》、《失去》等散文,还把她的名字的译音作为自己的笔名。……

我在前面提到的那个主张翻印《文丛》第二卷合订本的友人是雨田,她几个月后就离开上海,后来到了福建永安,同黎烈文结了婚。抗战胜利后他们夫妇去了台湾。一九四七年我去台湾旅行曾到台北他们家做客,当时烈文在台湾大学教书。三年前我听说烈文病故,家境萧条,友人建议为他们的子女教育费用募款,雨田拒绝接收。去年我在北京见到在报馆工作的朋友,他证实了这个消息,说雨田表现得很坚强。分别二十二年,我非常惦记她。台湾回归祖国,我相信这绝不是梦想。我一定会看到它成为现实。只要有机会我愿意再到台湾旅行。一九四七年因为大雨冲坏了公路,我没有能去风景如画的日月潭,至今感到遗憾。倘使能再一次踏上美丽的南国宝岛,这将是我晚年莫大的幸福。

巴金（右）与曹禺

怀念曹禺[1]

家宝逝世后，我给李玉茹、万方发了个电报："请不要悲痛，家宝并没有去，他永远活在观众和读者的心中！"话很平常，不能表达我的痛苦，我想多说一点，可颤抖的手捏不住小小的笔，许许多多的话和眼泪咽进了肚里。

躺在病床上，我经常想起家宝。六十几年的往事历历在目。

北平三座门大街十四号南屋，故事是从这里开始。靳以把家宝的一部稿子交给我看，那时家宝还是清华大学的一个学生。在南屋客厅旁那间用蓝纸糊壁的阴暗小屋里，我一口气读完了数百页的原稿。一幕人生的大悲剧在我面前展开，我被深深地震动了！就像从前看托尔斯泰的小说《复活》一样，剧本抓住了我的灵魂，我为它落了泪。我曾这样描述过我当时的心情："不错，我流过泪，但是落泪之后我感到一阵舒畅，而且我还感到一种渴望，一种力量在身内产生了，我想做一件事情，一件帮助人的事情，我想找个机会不自私地献出我的精力。《雷雨》是这样地感动过我。"然而，这却是我从靳以手里接过《雷雨》手稿时所未曾料到的。我由衷佩服家宝，他有大的才华，我马上把我

1　写于一九九八年三月。

的看法告诉靳以，让他分享我的喜悦。《文学季刊》破例一期全文刊载了《雷雨》，引起广大读者的注意。第二年，我旅居日本，在东京看了由中国留学生演出的《雷雨》，那时候，《雷雨》已经轰动，国内也有剧团把它搬上舞台。我连着看了三天戏，我为家宝高兴。

一九三六年靳以在上海创刊《文季月刊》，家宝在上面连载四幕剧《日出》，同样引起轰动。三七年靳以又创办《文丛》，家宝发表了《原野》。我和家宝一起在上海看了《原野》的演出，这时，抗战爆发了。家宝在南京教书，我在上海搞文化生活出版社，这以后，我们失去了联系。但是我仍然有机会把他的一本本新作编入《文学丛刊》介绍给读者。

一九四〇年，我从上海到昆明，知道家宝的学校已经迁至江安，我可以去看他了。我在江安待了六天，住在家宝家的小楼里。那地方真清静，晚上七点后街上就一片黑暗。我常常和家宝一起聊天，我们隔了一张写字台对面坐着，谈了许多事情，交出了彼此的心。那时他处在创作旺盛时期，接连写出了《蜕变》、《北京人》，我们谈起正在上海上演的《家》[1]，他表示他也想改编。我鼓励他试一试。他有他的“家”，他有他个人的情感，他完全可以写一部他自己的《家》。四二年，在泊在重庆附近的一条江轮上，家宝开始写他的《家》。整整一个夏天，他写出了他所有的爱和痛苦。那些充满激情的优美的台词，是从他心底深处流淌出来的，那里面有他的爱，有他的恨，有他的眼泪，有他的灵魂的呼号。他为自己的真实感情奋斗。我在桂林读完他的手稿，不能不赞叹他的才华，他是一位真正的艺术家！我当时就想写封信给他，希望他把心灵中的宝贝都掏出来，可这封信一拖就是很多年，直到一

1　由吴天改编、上海剧艺社演出。

九七八年，我才把我心里想说的话告诉他。但这时他已经满身创伤，我也伤痕遍体了。

一九六六年夏天，我们参加了亚非作家北京紧急会议。那时“文革”已经爆发。一连两个多月，我和家宝在一起工作，我们去唐山，去武汉，去杭州，最后大会在上海闭幕。送走了外宾，我们的心情并没有轻松，家宝马上要回北京参加运动，我也得回机关学习，我们都不清楚等待我们的将是什么。分手时，两人心里都有很多话，可是却没有机会说出来。这之后不久，我们便都进了“牛棚”。等到我们再见面，已是十二年后了。我失去了萧珊，他失去了方瑞，两个多么善良的人！

在难熬的痛苦的长夜，我也想念过家宝，不知他怎么挨过这段艰难的日子。听说他靠安眠药度日，我很为他担心。我们终于还是挺过来了。相见时没有大悲大喜，几句简简单单的话说尽了千言万语。我们都想向前看，甚至来不及抚平身上的伤痕，就急着要把失去的时间追回来。我有不少东西准备写，他也有许多创作计划。当时他已完成了《王昭君》，我希望他把《桥》写完。《桥》是他在抗战胜利前不久写的，只写了两幕，后来他去美国讲学就搁下了。他也打算续写《桥》，以后几次来上海收集材料。那段时候，我们谈得很多。他时常抱怨，不能做自己想做的事情。我劝他少些顾虑，少开会，少写表态文章，多给后人留一点东西。我至今怀念那些日子：我们两人一起游豫园，走累了便在湖心亭喝茶，到老饭店吃“糟钵头”；我们在北京逛东风市场，买几根棒冰，边走边吃，随心所欲地闲聊。那时我们头上还没有这么多头衔，身边也少有干扰，脚步似乎还算轻松，我们总以为我们还能做许多事情，那感觉就好像是又回到了三十年代北平三座门大街。

但是，我们毕竟老了。被损坏的机体不可能再回复到原貌。眼看着精力一点一点从我们身上消失，病魔又缠住了我们，笔在我们手里一天天重起来，那些美好的计划越来越遥远，最终成了不可触摸的梦。我住进了医院，不久，家宝也离不开医院了。起初我们还有机会住在同一家医院，每天一起在走廊上散步，在病房里倾谈往事。我说话有气无力，他耳朵更加聋了，我用力大声说，他还是听不明白，结果常常是各说各的。但就是这样，我们仍然了解彼此的心。

我的身体越来越差，他的病情也加重了。我去不了北京，他无法来上海，见面成了奢望，我们只能靠通信互相问好。九三年，一些热心的朋友想创造条件让我们在杭州会面，我期待着这次聚会，结果因医生不同意，家宝没能成行。这年的中秋之夜，我在杭州和他通了电话，我清清楚楚地听到他的声音，还是那么响亮，中气十足。我说："我们共有一个月亮。"他说："我们共吃一个月饼。"这是我最后一次听到他的声音。

我和家宝都在与疾病斗争。我相信我们还有时间。家宝小我六岁，他会活得比我长久。我太自信了。我心里的一些话，本来都可以讲出来，他不能到杭州，我可以争取去北京，可以和他见一面，和他话别。

消息来得太突然。一屋子严肃的面容，让我透不过气。我无法思索，无法开口，大家说了很多安慰的话，可我脑子里却是一片空白。我不能接受这个事实，前些天北京来的友人还告诉我，家宝健康有好转，他写了发言稿，准备出席六次文代会的开幕式。仅仅只过了几天！李玉茹在电话里说，家宝走得很安详，是在睡梦中平静地离去的。那么他是真的走了。

十多年前家宝在给我的一封信中，写了这样的话："我要死在你的前面，让痛苦留给你……"我想，他把痛苦留给了他的朋友，留给了所有爱他的人，带走了他心灵中的宝贝，他真能走得那样安详吗？

赵丹同志[1]

昨天傍晚在家看电视节目，听见广播员报告新闻：本日凌晨赵丹逝世……

一个多月来不少的朋友对我谈起赵丹的事情。大家都关心他的病，眼看着一位大艺术家一步一步走向死亡，却不能把他拉住，也不能帮助他多给人民留下一点东西。一位朋友说，赵丹问医生，可以不可以让他拍好一部片子后死去。这些年他多么想拍一两部片子！但是癌症不留给他时间了。我想得到，快要闭上眼睛的时候，他多痛苦。

然而赵丹毕竟是赵丹，他并没有默默地死去。在他逝世前两天《人民日报》发表了他“在病床上”写的文章《管得太具体，文艺没希望》，最后有这样一句话：“对我，已经没什么可怕的了。”他讲得多么坦率，多么简单明了。这正是我所认识的赵丹，只有他才会讲这样的话：我就要离开人世，不怕任何的迫害了。因此他把多年来“管住自己不说”积压在心上的意见倾吐了出来。

我认识赵丹时间也不短，可以说相当熟，也可以说不熟。回想起来，我什么时候在什么地方第一次同他见面，也说不出。“文革”期间

1　写于一九八〇年十月十一日至十三日。

没有人来找我外调他的事情。我们交往中也没有什么值得提说的事。但是他在我的脑子里留下很深的印象，有一些镜头我永远忘记不了。

三十年代我看过他主演的影片《十字街头》和《马路天使》，解放后的影片我喜欢《聂耳》和《林则徐》，不过给我印象最深的还是讨饭办学的武训，将近三十年过去了，老泪纵横的受尽侮辱的老乞丐的面影还鲜明地出现在我的眼前，我觉得他的演技到了家。影片出了问题，演员也受到连累。我没有参加那一次的运动，但赵丹当时的心情我是想象得到的。

在讨论《鲁迅传》电影剧本的时候，我也曾向人推荐赵丹扮演鲁迅先生，我知道他很想塑造先生的形象，而且他为此下了不少的功夫。有一个时期听说片子要开拍了，由他担任主角。我看见他留了胡髭又剃掉，剃了又留起来，最后就没有人再提影片的事。

十年浩劫其实不止十年，在一九六四年年尾举行的三届全国人代会的省市小组会上就有一些人受到批判，听说赵丹是其中之一，刚刚拍好的他主演的故事片《在烈火中永生》也不能公开放映。对《北国江南》、《早春二月》、《舞台姐妹》一批影片的批判已经开始了。人心惶惶，大家求神拜佛、烧香许愿，只想保全自己。但是天空飘起乌云，耳边响起喊声，头上压着一块大石，我有一种预感：大祸临头了。

于是出现了所谓“文革”时期。在这期间赵丹比我先靠边，我在九月上旬给抄了家。我们不属于一个系统，不是给关在一个“牛棚”里。我很少有机会看见他。现在我只想起两件事情：

头一件，一九六七年九月十八日我给复旦大学中文系学生揪到江湾，住了将近一个月，住在学生宿舍六号楼，准备在二十六日开批斗会。会期前一两天，晚饭后我照例在门前散步，一个学生来找我闲聊。他说是姓李，没有参加我的专案组，态度友好。他最近参加了一次批斗赵丹的会，他同赵丹谈过话。赵丹毫不在乎，只是香烟抽得不少，而且抽坏烟，赵丹说，没有钱，只能抽劳动牌。大学生笑着说："他究竟是赵丹啊。"

第二件，大约是在一九六八年一月下旬，我和吴强给揪到上海杂技场参加批斗会。我们只是陪斗，主角可能是陈丕显和石西民。总之，挨斗的人不少，坐了满满一间小屋，当然都坐在冷冰冰的水泥地上。赵丹来了，坐在白杨旁边，我听见他问白杨住在什么地方。在旁边监视的电影系统的"造反派"马上厉声训斥："你不老实，回去好好揍你一顿。"这句话今天还刺痛我的耳朵。十一年后赵丹在病床上说："对我，已经没什么可怕的了。"这是多么强烈的控诉！他能忘记那些拳打脚踢吗？他能忘记各式各样的侮辱吗？

后来在一九七七年九月中岛健藏先生一行来上海访问，我和赵丹一起接待他们，我们向久别的日本朋友介绍我们十年的经验，在座谈会上赵丹谈了他的牢狱生活，然后又谈起"四人帮"下台后他去江西的情况。他说："由于我受到迫害，人们对待我更亲切、更热情。"真实的情况就是这样。还有一次我听见他表露他的心情："为了报答，我应当多拍几部好片子。"我很欣赏他这种精神状态。他乐观，充满着信心。我看见他总觉得他身上有一团火，有一股劲。我听说他要在《大河奔流》中扮演周总理，又听说他要拍《八一风暴》，还听说他要扮演闻一多，最后听说他要同日本演员合拍影片。我也替他宣传过，虽然这些愿望都不曾实现，但我始终相信他会作出新的成绩。

我没有料想到今年七月会在上海华东医院里遇见他。我在草地上散步，他在水池边看花。他变了。人憔悴了，火熄了，他说他吃不下东西。他刚在北京的医院里检查过，我听护士说癌症的诊断给排除了，还暗中盼他早日恢复健康。我说："让他再拍一两部好片子吧。"我这句话自己也不知道是向谁说的。主管文艺部门的长官,领导文艺部门的长官是不会听见我的声音的。华东医院草地上的相遇,是我和赵丹最后一次的见面。我从北欧回来,就听说他病危了。

赵丹同志不会回到我们中间来了。我很想念他。最近我们常常惋惜地谈起我国人才的“外流”。这个优秀的表演艺术家这些年的遭遇可以帮助我们头脑清醒地考虑一些事情。“让你活下去”,并不解决人才的问题。我还是重复我去年十二月里讲过的话:“请多一点关心他们吧,请多一点爱他们吧,不要挨到太迟了的时候。”

对赵丹同志来说,已经太迟了,他只能留下“已经没什么可怕的了”这样的遗言了。

怀念满涛同志[1]

有一位朋友(他是搞文艺评论的)读了我的《探索集》,写信来说:“我觉得你律己似嫌过于严格,当时有当时的历史条件,有些事不是个人可以负责的。”

他的话里还有可以商量的地方。首先,我对自己并无严格要求,倘使要求严格,我早就活不下去了,因此我总是事后拿悔恨折磨自己。说到责任的问题,我想要是我们能够丢开“明哲保身”的古训,用认真负责的态度待人处世,那么有些事可能就不会发生,有些事就可能改换一个面目。……

我想起了一件事,一个人。这个人就是张满涛同志。

我和满涛同志间并无私交。关于他的事情我知道很少。一九四〇年我在上海写《秋》兼管文化生活出版社的编辑工作,在我编的一种丛书里收了一部满涛的译稿,就是契诃夫的四幕剧《樱桃园》,它是李健吾兄介绍来的,我只知译者懂俄语,喜欢契诃夫,所以译得好。一直到解放以后我才看见满涛同志,见面的次数不多,大都是在学习会上,偶尔也在戏园里,见面后我们只是点头握手,至多也不过寒暄几句。

---

1 写于一九八二年三月二十五日。

一九五五年发表的关于胡风问题的第二批材料中出现了给满涛信里的几句话，讲到什么“组织原则”，我也搞不清楚，但不免为他担心。不过出乎我的意外，他好像并未吃到多少苦头，过一个时期又出头露面，仍然是市政协委员，他译的书也还在出版。他喜欢看川戏，川剧团来上海演出，我总有机会在剧场里遇见他。

于是来了所谓的“十年浩劫”。我后来给朋友写信说：“十年只是一瞬间。”其实那十年的岁月真长啊。这之间我听到不少关于熟人们的小道消息。我也曾想到满涛，后来我听说他在干校做翻译工作，再后又听说他身体不好，同时我看到了他和别人一起译成的小说。人们说他工作积极。

一九七五年秋天作协上海分会给“四人帮”的爪牙彻底砸烂，我被“分配”到上海人民出版社专搞翻译的××室，不管我本人是否愿意，而且仍旧是“控制使用”，这正是对我这个不承认“人权”的人的惩罚。我借口身体不好，一个星期只去两个半天参加政治学习。头一次去参加传达什么文件的全体会议，走进弄堂不久看见了满涛，他也发见了我，很高兴，就到我身边来，表示欢迎，边走边谈，有说有笑，而且学着讲四川话，对我很亲切。这样的遇见或谈话我们之间有过几次。我初到××室，很少熟人，满涛的笑语的确给我带来一些温暖。我听人说，他身体不好，有一次昏倒在人行道上；又听说他工作积极，总是争取多做。我便劝他注意身体。他笑笑，说，“不要紧”。

又过了一些时候，时间我记不准确了，大约是一九七六年七八月吧，总之是在“四人帮”活动猖獗的时期，一天上午我在××室四楼学习，开始时学习组长讲了几件事情，其中的一件是关于满涛的。据说满涛原来给定为“胡风分子”，应当接受监督劳动，当时由于疏忽没有照办，但是二十年来他表现很好，因此也就不必监督劳动了。不过据某某机关说这项"反革命"帽子是张春桥领导的十人小组给戴上的，不能变动，应当拿他当"反革命"分子看待，剥夺他的政治权利。这真是一个晴天霹雳！我一下子发愣了。哪里会有这种道理？二十年很好的表现换来一项"反革命"的帽子，就只因为当初给张春桥领导的小组定成"胡风分子"。我又想：满涛怎么受得了?!然而没有人出来发表意见。我那时还是一个不戴帽的"反革命"，虽然已经有自己的看法，但是在学习会上心惊肉跳，坐立不安，只想如何保全自己，不敢讲一句真话。而且我知道我们的学习组长的想法不会跟我的相差多远，即使是他，他也不敢公开怀疑某某机关的解释。

这以后我就没有再看见满涛，只有一次学习结束我下楼，在楼梯口遇见他，我想打个招呼，他埋着头走开了。我实在不明白为什么忽然要宣布他是"反革命"分子，又无法向人打听。后来我无意间听人说，这里的负责人看见满涛态度好，工作积极，想给他摘掉"胡风分子"的帽子，就打了报告到上级和某某机关去请示，万万想不到会得到那样的答复。这可能是一种误会吧。但是这里的负责人却不敢再打报告上去说明原意，或者要求宽大。于是大家将错就错，让满涛一夜之间平白无故地给剥夺了一切政治权利。

我不声不响，又似怪非怪。我当时正在翻译亚·赫尔岑的《回忆录》，书中就有与这类似的记载，可见"四人帮"干的是沙皇干惯了的事情，但是包括我在内没有一个人敢出来发表不同的意见，讲一讲道理，好像大家都丧失了理智。

然而事情并没有结束。不久毛主席逝世了，我们都到出版社的大礼堂去参加了吊唁活动。过两三天在我们的学习会上，组长宣布室里要开批判满涛翻案的小型会议，每个学习小组派两个代表参加。关于翻案的解释，据说我们出去参加吊唁活动的时候，满涛给叫到××室来由留守的工宣队老师傅监督并训话，满涛当时就说他“不是‘反革命’分子，不会乱说乱动”。这便构成了他的所谓翻案的罪行。这样荒唐的逻辑，这样奇怪的法律，我太熟悉了！“造反派”使我有了够多的经验，我当然不会再相信他们。但是我仍然一声不响，埋着头装出若无其事的样子，实际上暗暗地用全力按捺住心中的不平，惟恐暴露了自己，引火烧身。我只是小心地保护自己，一点也未尽到作为一个作家、作为一个普通人所应尽的职责。幸而下一个月“四人帮”就给粉碎了，否则谁知道以后会发生什么样的事情。

总之满涛给保全下来了。他在身心两方面都受到大的损害。有一个时期人们甚至忘记给被冤屈者雪枉，为受害者治伤。但是这一切并不曾减少满涛的工作的积极性。用“积极性”这样的字眼并不能恰当地说明他的心愿和心情。人多么愿意多做自己想做而又能做的事情！果戈理、别林斯基……在等待他。他已经浪费了多少宝贵的时间啊。他本来可以翻译很多的书。但是留给他的时间太少了。就只有短短的两年！他死于一九七八年十二月。我到龙华公墓参加了他的追悼会，见到不少的熟人。这追悼会也就是平反会，死者的冤屈终于得到昭雪。在灵堂内外我没有讲一句话。肃立在灵前默哀的时候，我仿佛重见满涛同志笑脸相迎的情景。望着他的遗像，我感到惭愧。我想人都是要死的，人的最大不幸就是活着不能多做自己想做的工作。满涛同志遭遇不幸的时候，我没有支持他，没有出来说一句公道话，只是冷眼旁观，对他的不幸我不能说个人毫无责任。

怀念萧珊[1]

一

今天是萧珊逝世的六周年纪念日。六年前的光景还非常鲜明地出现在我的眼前。那一天我从火葬场回到家中，一切都是乱糟糟的，过了两三天我渐渐地安静下来了，一个人坐在书桌前，想写一篇纪念她的文章。在五十年前我就有了这样一种习惯：有感情无处倾吐时我经常求助于纸笔。可是一九七二年八月里那几天，我每天坐三四个小时望着面前摊开的稿纸，却写不出一句话。我痛苦地想，难道给关了几年的"牛棚"，真的就变成"牛"了？头上仿佛压了一块大石头，思想好像冻结了一样。我索性放下笔，什么也不写了。

六年过去了。林彪、"四人帮"及其爪牙们的确把我搞得很"狼狈"，但我还是活下来了，而且偏偏活得比较健康，脑子也并不糊涂，有时还可以写一两篇文章。最近我经常去火葬场，参加老朋友们的骨灰安放仪式。在大厅里，我想起许多事情。同样地奏着哀乐，我的思想却从挤满了人的大厅转到只有二、三十个人的中厅里去了，我们正在

1 写于一九七九年一月十六日。

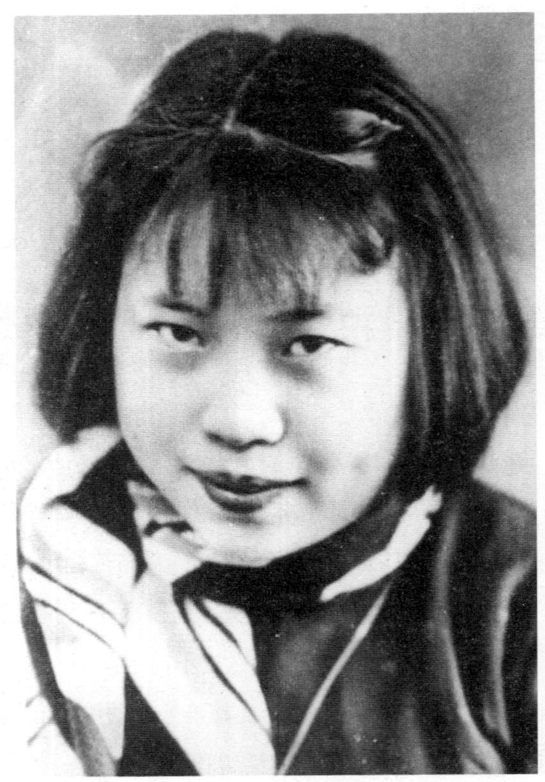

萧珊第一次见到巴金时赠送的照片

用哭声向萧珊的遗体告别。我记起了《家》里面觉新说过的一句话:"好像珏死了,也是一个不祥的鬼。"四十七年前我写这句话的时候,怎么想得到我是在写自己!我没有流眼泪,可是我觉得有无数锋利的指甲在搔我的心。我站在死者遗体旁边,望着那张惨白色的脸,那两片咽下千言万语的嘴唇,我咬紧牙齿,在心里唤着死者的名字。我想,我比她大十三岁,为什么不让我先死?我想,这是多么不公平!她究竟犯了什么罪?她也给关进"牛棚",挂上"牛鬼蛇神"的小纸牌,还扫过马路。究竟为什么?理由很简单,她是我的妻子。她患了病,得不到治疗,也因为她是我的妻子。想尽办法一直到逝世前三个星期,靠开后门她才住进医院。但是癌细胞已经扩散,肠癌变成了肝癌。

她不想死,她要活,她愿意改造思想,她愿意看到社会主义建成。这个愿望总不能说是痴心妄想吧。她本来可以活下去,倘使她不是"黑老K"的"臭婆娘"。一句话,是我连累了她,是我害了她。

在我靠边的几年中间,我所受到的精神折磨她也同样受到。但是我并未挨过打,她却挨了"北京来的红卫兵"的铜头皮带,留在她左眼上的黑圈好几天以后才褪尽。她挨打只是为了保护我,她看见那些年轻人深夜闯进来,害怕他们把我揪走,便溜出大门,到对面派出所去,请民警同志出来干预。那里只有一个人值班,不敢管。当着民警的面,她被他们用铜头皮带狠狠抽了一下,给押了回来,同我一起关在马桶间里。

她不仅分担了我的痛苦,还给了我不少的安慰和鼓励。在"四害"横行的时候,我在原单位[1]给人当作"罪人"和"贱民"看待,日子十分

1 指中国作家协会上海分会。

难过，有时到晚上九、十点钟才能回家。我进了门看到她的面容，满脑子的乌云都消散了。我有什么委屈、牢骚，都可以向她尽情倾吐。有一个时期我和她每晚临睡前要服两粒眠尔通才能够闭眼，可是天刚刚发白就都醒了。我唤她，她也唤我。我诉苦般地说："日子难过啊！"她也用同样的声音回答："日子难过啊！"但是她马上加一句："要坚持下去。"或者再加一句："坚持就是胜利。"我说"日子难过"，因为在那一段时间里，我每天在"牛棚"里面劳动、学习、写交代、写检查、写思想汇报。任何人都可以责骂我、教训我、指挥我。从外地到"作协分会"来串联的人可以随意点名叫我出去"示众"，还要自报罪行。上下班不限时间，由管理"牛棚"的"监督组"随意决定。任何人都可以闯进我家里来，高兴拿什么就拿走什么。这个时候大规模的群众性批斗和电视批斗大会还没有开始，但已经越来越逼近了。

她说"日子难过"，因为她给两次揪到机关，靠边劳动，后来也常常参加陪斗。在淮海中路"大批判专栏"上张贴着批判我的罪行的大字报，我一家人的名字都给写出来"示众"，不用说"臭婆娘"的大名占着显著的地位。这些文字像虫子一样咬痛她的心。她让上海戏剧学院"狂妄派"学生突然袭击、揪到"作协分会"去的时候，在我家大门上还贴了一张揭露她的所谓罪行的大字报。幸好当天夜里我儿子把它撕毁。否则这一张大字报就会要了她的命！

人们的白眼，人们的冷嘲热骂蚕食着她的身心。我看出来她的健康逐渐遭到损害。表面上的平静是虚假的。内心的痛苦像一锅煮沸的水，她怎么能遮盖住！怎么能使它平静！她不断地给我安慰，对我表示信任，替我感到不平。然而她看到我的问题一天天地变得严重，上面对我的压力一天天地增加，她又非常担心。有时同我一起上班或者下班，走近巨鹿路口，快到"作协分会"，或者走近湖南路口，快到我们家,她总是抬不起头。我理解她,同情她,也非常担心她经受不起沉重的打击。我记得有一天到了平常下班的时间,我们没有受到留难,回到家里她比较高兴,到厨房去烧菜。我翻看当天的报纸,在第三版上看到当时做了"作协分会"的"头头"的两个工人作家写的文章《彻底揭露巴金的反革命真面目》。真是当头一棒!我看了两三行,连忙把报纸藏起来,我害怕让她看见。她端着烧好的菜出来,脸上还带笑容,吃饭时她有说有笑。饭后她要看报,我企图把她的注意力引到别处。但是没有用,她找到了报纸。她的笑容一下子完全消失。这一夜她再没有讲话,早早地进了房间。我后来发见她躺在床上小声哭着。一个安静的夜晚给破坏了。今天回想当时的情景,她那张满是泪痕的脸还在我的眼前。我多么愿意让她的泪痕消失,笑容在她那憔悴的脸上重现,即使减少我几年的生命来换取我们家庭生活中一个宁静的夜晚,我也心甘情愿!

二

我听周信芳同志的媳妇说,周的夫人在逝世前经常被打手们拉出去当作皮球推来推去,打得遍体鳞伤。有人劝她躲开,她说:"我躲开,他们就要这样对付周先生了。"萧珊并未受到这种新式体罚。可是她在精神上给别人当皮球打来打去。她也有这样的想法:她多受一点精神折磨,可以减轻对我的压力。其实这是她一片痴心,结果只苦了她自己。我看见她一天天地憔悴下去,我看见她的生命之火逐渐熄灭,我多么痛心。我劝她,安慰她,我想拉住她,一点也没有用。

她常常问我:"你的问题什么时候才解决呢?"我苦笑着说:"总有一天会解决的。"她叹口气说:"我恐怕等不到那个时候了。"后来她病倒了，有人劝她打电话找我回家，她不知从哪里得来的消息，她说："他在写检查，不要打岔他。他的问题大概可以解决了。"等到我从"五·七干校"回家休假，她已经不能起床。她还问我检查写得怎样，问题是否可以解决。我当时的确在写检查，而且已经写了好几次了。他们要我写，只是为了消耗我的生命。但她怎么能理解呢？

这时离她逝世不过两个多月，癌细胞已经扩散，可是我们不知道，想找医生给她认真检查一次，也毫无办法。平日去医院挂号看门诊，等了许久才见到医生或者实习医生，随便给开个药方就算解决问题。只有在发烧到摄氏三十九度才有资格挂急诊号，或者还可以在病人拥挤的观察室里待上一天半天。当时去医院看病找交通工具也很困难，常常是我女婿借了自行车来，让她坐在车上，他慢慢地推着走。有一次她雇到小三轮车去看病，看好门诊回家雇不到车了，只好同陪她看病的朋友一起慢慢地走回来，走走停停，走到街口，她快要倒下了，只得请求行人到我们家通知。她一个表侄正好来探病，就由他去把她背了回家。她希望拍一张X光片子查一查肠子有什么病，但是办不到。后来靠了她一位亲戚帮忙开后门两次拍片，才查出她患肠癌。以后又靠朋友设法开后门住进了医院。她自己还很高兴，以为得救了。只有她一个人不知真实的病情，她在医院里只活了三个星期。

我休假回家假期满了，我又请过两次假，留在家里照料病人。最多也不到一个月。我看见她病情日趋严重，实在不愿意把她丢开不管，我要求延长假期的时候，我们那个单位的一个"工宣队"头头逼着我第二天就回干校去。我回到家里，她问起来，我无法隐瞒。她叹了一口气，说："你放心去吧。"她把脸掉过去，不让我看她。我女儿、女婿看到这种情景，自告奋勇跑到巨鹿路向那位"工宣队"头头解释，希望同意我在市区多留些日子照料病人。可是那个头头"执法如山"，还说：

“他不是医生，留在家里，有什么用！留在家里对他改造不利！”他们气愤地回到家中，只说机关不同意，后来才对我传达了这句“名言”。我还能讲什么呢？明天回干校去！

整个晚上她睡不好，我更睡不好。出乎意外，第二天一早我那个插队落户的儿子在我们房间里出现了，他是昨天半夜里到的。他得到了家信，请假回家看母亲，却没有想到母亲病成这样。我见了他一面，把他母亲交给他，就回干校去了。

在车上我的情绪很不好。我实在想不通为什么会有这样的事情。我在干校待了五天，无法同家里通消息。我已经猜到她的病不轻了。可是人们不让我过问她的事情。这五天是多么难熬的日子！到第五天晚上在干校的“造反派”头头通知我们全体第二天一早回市区开会。这样我才又回到了家，见到我的爱人。靠了朋友帮忙，她可以住进中山医院肝癌病房，一切都准备好，她第二天就要住院了。她多么希望住院前见我一面，我终于回来了。连我也没有想到她的病情发展得这么快。我们见了面，我一句话也讲不出来。她说了一句：“我到底住院了。”我答说：“你安心治疗吧。”她父亲也来看她，老人家双目失明，去医院探病有困难，可能是来同他的女儿告别了。

我吃过中饭，就去参加给别人戴上“反革命”帽子的大会，受批判、戴帽子的人不止一个，其中有一个我的熟人王若望同志，他过去也是作家，不过比我年轻。我们一起在“牛棚”里关过一个时期，他的罪名是“摘帽右派”。他不服、不听话，他贴出大字报，声明“自己解放自己”，因此罪名越搞越大，给捉去关了一个时期不算，还戴上了“反革命”的帽子监督劳动。在会场里我一直像在做怪梦。开完会回家，见到萧珊我感到格外亲切，仿佛重回人间。可是她不舒服，不想讲话，偶尔讲一句半句。我还记得她讲了两次：“我看不到了。”我连声问她看不到什么？她后来才说："看不到你解放了。"我还能再讲什么呢？

我儿子在旁边，垂头丧气，精神不好，晚饭只吃了半碗，像是患感冒。她忽然指着他小声说："他怎么办呢？"他当时在安徽山区农村已经待了三年半，政治上没有人管，生活上不能养活自己，而且因为是我的儿子，给剥夺了好些公民权利。他先学会沉默，后来又学会抽烟。我怀着内疚的心情看看他。我后悔当初不该写小说，更不该生儿育女。我还记得前两年在痛苦难熬的时候她对我说："孩子们说爸爸做了坏事，害了我们大家。"这好像用刀子在割我身上的肉。我没有出声，我把泪水全吞在肚里。她睡了一觉醒过来忽然问我："你明天不去了？"我说："不去了。"就是那个"工宣队"头头今天通知我不用再去干校就留在市区。他还问我："你知道萧珊是什么病？"我答说："知道。"其实家里瞒住我，不给我知道真相，我还是从他这句问话里猜到的。

三

第二天早晨她动身去医院，一个朋友和我女儿、女婿陪她去。她穿好衣服等候车来。她显得急躁，又有些留恋，东张张西望望，她也许在想是不是能再看到这里的一切。我送走她，心上反而加了一块大石头。

将近二十天里，我每天去医院陪伴她大半天。我照料她，我坐在病床前守着她，同她短短地谈几句话。她的病情恶化，一天天衰弱下去，肚子却一天天大起来，行动越来越不方便。当时病房里没有人照料，生活方面除饮食外一切都必须自理。后来听同病房的人称赞她"坚强"，说她每天早晚都默默地挣扎着下了床，走到厕所。医生对我们谈起，病人的身体经不住手术，最怕的是她的肠子堵塞，要是不堵塞,还可以拖延一个时期。她住院后的半个月是一九六六年八月以来我既感痛苦又感到幸福的一段时间，是我和她在一起度过的最后的平静的时刻,我今天还不能将它忘记。但是半个月以后,她的病情又有了发展,一天吃中饭的时候,医生通知我儿子找我去谈话。他告诉我:病人的肠子给堵住了,必须开刀。开刀不一定有把握,也许中途出毛病。但是不开刀,后果更不堪设想。他要我决定,并且要我劝她同意。我做了决定,就去病房对她解释。我讲完话,她只说了一句:“看来,我们要分别了。”她望着我,眼睛里全是泪水。我说:“不会的……”我的声音哑了。接着护士长来安慰她,对她说:“我陪你,不要紧的。”她回答:“你陪我就好。”时间很紧迫,医生、护士们很快作好了准备,她给送进手术室去了,是她的表侄把她推到手术室门口的。我们就在外面廊上等了好几个小时,等到她平安地给送出来,由儿子把她推回到病房去。儿子还在她的身边守过一个夜晚。过两天他也病倒了,查出来他患肝炎,是从安徽农村带回来的。本来我们想瞒住他的母亲,可是无意间让他母亲知道了。她不断地问:“儿子怎么样?”我自己也不知道儿子怎么样,我怎么能使她放心呢?晚上回到家,走进空空的、静静的房间,我几乎要叫出声来:“一切都朝我的头打下来吧,让所有的灾祸都来吧。我受得住!”

我应当感谢那位热心而又善良的护士长,她同情我的处境,要我把儿子的事情完全交给她办。她作好安排,陪他看病、检查,让他很快住进别处的隔离病房,得到及时的治疗和护理。他在隔离病房里苦苦地等候母亲病情的好转。母亲躺在病床上,只能有气无力地说几句短短的话,她经常问:“棠棠怎么样?”从她那双含泪的眼睛里我明白她多么想看见她最爱的儿子。但是她已经没有精力多想了。

她每天给输血,打盐水针。她看见我去就断断续续地问我:“输多少西西的血？该怎么办？”我安慰她：“你只管放心。没有问题，治病要紧。”她不止一次地说：“你辛苦了。”我有什么苦呢？我能够为我最亲爱的人做事情，哪怕做一件小事，我也高兴！后来她的身体更不行了。医生给她输氧气，鼻子里整天插着管子。她几次要求拿开，这说明她感到难受，但是听了我们的劝告，她终于忍受下去了。开刀以后她只活了五天。谁也想不到她会去得这么快！五天中间我整天守在病床前，默默地望着她在受苦（我是设身处地感觉到这样的），可是她除了两三次要求搬开床前巨大的氧气筒，三四次表示担心输血较多付不出医药费之外，并没有抱怨过什么。见到熟人她常有这样一种表情：请原谅我麻烦了你们。她非常安静，但并未昏睡，始终睁大两只眼睛。眼睛很大，很美，很亮。我望着，望着，好像在望快要燃尽的烛火。我多么想让这对眼睛永远亮下去！我多么害怕她离开我！我甚至愿意为我那十四卷“邪书”受到千刀万剐，只求她能安静地活下去。

不久前我重读梅林写的《马克思传》，书中引用了马克思给女儿的信里的一段话，讲到马克思夫人的死。信上说：“她很快就咽了气。……这个病具有一种逐渐虚脱的性质，就像由于衰老所致一样。甚至在最后几小时也没有临终的挣扎，而是慢慢地沉入睡乡。她的眼睛比任何时候都更大、更美、更亮！”这段话我记得很清楚。马克思夫人也死于癌症。我默默地望着萧珊那对很大、很美、很亮的眼睛，我想起这段话，稍微得到一点安慰。听说她的确也“没有临终的挣扎”，也是“慢慢地沉入睡乡”。我这样说，因为她离开这个世界的时候，我不在她的身边。那天是星期天，卫生防疫站因为我们家发现了肝炎病人，派人上午来做消毒工作。她的表妹有空愿意到医院去照料她，讲好我们吃过中饭就去接替。没有想到我们刚刚端起饭碗，就得到传呼电话，通知我女儿去医院，说是她妈妈“不行”了。真是晴天霹雳！我和我女儿、女婿赶到医院。她那张病床上连床垫也给拿走了。别人告诉我她在太平间。我们又下了楼赶到那里，在门口遇见表妹。还是她找人帮忙把"咽了气"的病人抬进来的。死者还不曾给放进铁匣子里送进冷库，她躺在担架上，但已经给白布床单包得紧紧的，看不到面容了。我只看到她的名字。我弯下身子，把地上那个还有点人形的白布包拍了好几下，一面哭着唤她的名字。不过几分钟的时间。这算是什么告别呢？

据表妹说，她逝世的时刻，表妹也不知道。她曾经对表妹说："找医生来。"医生来过，并没有什么。后来她就渐渐地"沉入睡乡"。表妹还以为她在睡眠。一个护士来打针，才发觉她的心脏已经停止跳动了。我没有能同她诀别，我有许多话没有能向她倾吐，她不能没有留下一句遗言就离开我！我后来常常想，她对表妹说"找医生来"，很可能不是"找医生"，是"找李先生"(她平日这样称呼我)。为什么那天上午偏偏我不在病房呢？家里人都不在她身边，她死得这样凄凉！

我女婿马上打电话给我们仅有的几个亲戚。她的弟媳赶到医院，马上晕了过去。三天以后在龙华火葬场举行告别仪式。她的朋友一个也没有来，因为一则我们没有通知，二则我是一个审查了将近七年的对象。没有悼词，没有吊客，只有一片伤心的哭声。我衷心感谢前来参加仪式的少数亲友和特地来帮忙的我女儿的两三个同学，最后，我跟她的遗体告别，女儿望着遗容哀哭，儿子在隔离病房还不知道把他当作命根子的妈妈已经死亡。值得提说的是她当作自己儿子照顾了好些年的一位亡友的男孩从北京赶来，只为了看见她的最后一面。这个整天同钢铁打交道的技术员，他的心倒不像钢铁那样。他得到电报以后，他爱人对他说："你去吧，你不去一趟，你的心永远安定不了。"我在变了形的她的遗体旁边站了一会。别人给我和她照了相。我痛苦地想：这是最后一次了，即使给我们留下来很难看的形象，我也要珍视这个镜头。

一切都结束了。过了几天我和女儿、女婿到火葬场,领到了她的骨灰盒。在存放室寄存了三年之后,我按期把骨灰盒接回家里。有人劝我把她的骨灰安葬,我宁愿让骨灰盒放在我的寝室里,我感到她仍然和我在一起。

四

梦魇一般的日子终于过去了。六年仿佛一瞬间似的远远地落在后面了。其实哪里是一瞬间!这段时间里有多少流着血和泪的日子啊。不仅是六年,从我开始写这篇短文到现在又过去了半年,半年中我经常在火葬场的大厅里默哀、行礼,为了纪念给“四人帮”迫害致死的朋友。想到他们不能把个人的智慧和才华献给社会主义祖国,我万分惋惜。每次戴上黑纱、插上纸花的同时,我也想起我自己最亲爱的朋友,一个普通的文艺爱好者,一个成绩不大的翻译工作者,一个心地善良的人。她是我的生命的一部分,她的骨灰里有我的泪和血。

她是我的一个读者。一九三六年我在上海第一次同她见面。一九三八年和一九四一年我们两次在桂林像朋友似的住在一起。一九四四年我们在贵阳结婚。我认识她的时候,她还不到二十,对她的成长我应当负很大的责任。她读了我的小说,给我写信,后来见到了我,对我发生了感情。她在中学念书,看见我以前,因为参加学生运动被学校开除,回到家乡住了一个短时期,又出来进另一所学校。倘使不是为了我,她三七、三八年一定去了延安。她同我谈了八年的恋爱,后来到贵阳旅行结婚,只印发了一个通知,没有摆过一桌酒席。从贵阳我和她先后到了重庆,住在民国路文化生活出版社门市部楼梯下七八个平方米的小屋里。她托人买了四只玻璃杯开始组织我们的小家庭。她陪着我经历了各种艰苦生活。在抗日战争紧张的时期，我们一起在日军进城以前十多个小时逃离广州，我们从广东到广西，从昆明到桂林，从金华到温州，我们分散了，又重见，相见后又别离。在我那两册《旅途通讯》中就有一部分这种生活的记录。四十年前有一位朋友批评我："这算什么文章！"我的《文集》出版后，另一位朋友认为我不应当把它们也收进去。他们都有道理，两年来我对朋友、对读者讲过不止一次，我决定不让《文集》重版。但是为我自己，我要经常翻看那两小册《通讯》。在那些年代，每当我落在困苦的境地里、朋友们各奔前程的时候，她总是亲切地在我的耳边说："不要难过，我不会离开你，我在你的身边。"的确，只有在她最后一次进手术室之前她才说过这样一句："我们要分别了。"

我同她一起生活了三十多年。但是我并没有好好地帮助过她。她比我有才华，却缺乏刻苦钻研的精神。我很喜欢她翻译的普希金和屠格涅夫的小说。虽然译文并不恰当，也不是普希金和屠格涅夫的风格，它们却是有创造性的文学作品，阅读它们对我是一种享受。她想改变自己的生活，不愿做家庭妇女，却又缺少吃苦耐劳的勇气。她听一个朋友的劝告，得到后来也是给"四人帮"迫害致死的叶以群同志的同意，到《上海文学》"义务劳动"，也做了一点点工作，然而在运动中却受到批判，说她专门向老作家组稿，又说她是我派去的"坐探"。她为了改造思想，想走捷径，要求参加"四清"运动，找人推荐到某铜厂的工作组工作，工作相当忙碌、紧张，她却精神愉快。但是到我快要靠边的时候，她也被叫回"作协分会"参加运动。她第一次参加这种急风暴雨般的斗争，而且是以反动权威家属的身份参加，她不知道该怎么办才好。她张皇失措，坐立不安，替我担心，又为儿女的前途忧虑。

她盼望什么人向她伸出援助的手,可是朋友们离开了她,“同事们”拿她当作箭靶,还有人想通过整她来整我。她不是“作协分会”或者刊物的正式工作人员,可是仍然被“勒令”靠边劳动、站队挂牌,放回家以后,又给揪到机关。过一个时期,她写了认罪的检查,第二次给放回家的时候,我们机关的“造反派”头头却通知里弄委员会罚她扫街。她怕人看见,每天大清早起来,拿着扫帚出门,扫得精疲力尽,才回到家里,关上大门,吐了一口气。但有时她还碰到上学去的小孩,对她叫骂“巴金的臭婆娘”。我偶尔看见她拿着扫帚回来,不敢正眼看她,我感到负罪的心情,这是对她的一个致命的打击。不到两个月,她病倒了,以后就没有再出去扫街(我妹妹继续扫了一个时期),但是也没有完全恢复健康。尽管她还继续拖了四年,但一直到死她并不曾看到我恢复自由。这就是她的最后,然而绝不是她的结局。她的结局将和我的结局连在一起。

我绝不悲观。我要争取多活。我要为我们社会主义祖国工作到生命的最后一息。在我丧失工作能力的时候,我希望病榻上有萧珊翻译的那几本小说。等到我永远闭上眼睛,就让我的骨灰同她的掺和在一起。

二十世纪六十年代，巴金萧珊夫妇在家中书房

二十世纪五十年代，巴金、萧珊和儿女

二十世纪六十年代初，巴金、李小林、李国煣、萧珊、李小棠（从左至右）在武康路寓所走廊，旁边的小狗即巴金在《随想录》里写过的“小狗包弟”

再忆萧珊[1]

昨夜梦见萧珊，她拉住我的手，说："你怎么成了这个样子？"我安慰她："我不要紧。"她哭起来。我心里难过，就醒了。

病房里有淡淡的灯光，每夜临睡前，陪伴我的儿子或者女婿总是把一盏开着的台灯放在我的床脚。夜并不静，附近通宵施工，似乎在搅拌混凝土。此外我还听见知了的叫声。在数九的冬天哪里来的蝉叫？原来是我的耳鸣。

这一夜我儿子值班，他静静地睡在靠墙放的帆布床上。过了好一阵子，他翻了一个身。

我醒着，我在追寻萧珊的哭声。耳朵倒叫得更响了。……我终于轻轻地唤出了萧珊的名字："蕴珍"。我闭上眼睛，房间马上变换了。

在我们家中，楼下寝室里，她睡在我旁边另一张床上，小声嘱咐我："你有什么委屈，不要瞒我，千万不能吞在肚里啊！"……

在中山医院的病房里，我站在床前，她含泪望着我说："我不愿离开你。没有我，谁来照顾你啊？！"……

在中山医院的太平间，担架上一个带人形的白布包，我弯下身子

1　写于一九八四年一月二十一日。

接连拍着,无声地哭唤:“蕴珍,我在这里,我在这里……”

我用铺盖蒙住脸。我真想大叫两声。我快要给憋死了。“我到哪里去找她?!”我连声追问自己。于是我又回到了华东医院的病房。耳边仍是早已习惯的耳鸣。

她离开我十二年了。十二年,多么长的日日夜夜!每次我回到家门口,眼前就出现一张笑脸,一个亲切的声音向我迎来,可是走进院子,却只见一些高高矮矮的没有花的绿树。上了台阶,我环顾四周,她最后一次离家的情景还历历在目:她穿得整整齐齐,有些急躁,有点伤感,又似乎充满希望,走到门口还回头张望。……仿佛车子才开走不久,大门刚刚关上。不,她不是从这两扇绿色大铁门出去的。以前门铃也没有这样悦耳的声音。十二年前更不会有开门进来的挎书包的小姑娘。……为什么偏偏她的面影不能在这里再现?为什么不让她看见活泼可爱的小端端?

我仿佛还站在台阶上等待车子的驶近,等待一个人回来。这样长的等待!十二年了!甚至在梦里我也听不见她那清脆的笑声。我记得的只是孩子们捧着她的骨灰盒回家的情景。这骨灰盒起初给放在楼下我的寝室内床前五斗橱上。后来,“文革”收场,封闭了十年的楼上她的睡房启封,我又同骨灰盒一起搬上二楼,她仍然伴着我度过无数的长夜。我摆脱不了那些做不完的梦。总是那一双泪汪汪的眼睛!总是那一副前额皱成“川”字的愁颜!总是那无限关心的叮咛劝告!好像我有满腹的委屈瞒住她,好像我摔倒在泥淖中不能自拔,好像我又给打翻在地让人踏上一脚。……每夜,每夜,我都听见床前骨灰盒里她的小声呼唤,她的低声哭泣。

怎么我今天还做这样的梦?怎么我现在还甩不掉那种种精神的枷锁?……悲伤没有用。我必须结束那一切梦景。我应当振作起来,即使是最后的一次。骨灰盒还放在我的家中，亲爱的面容还印在我的心上，她不会离开我，也从未离开我。做了十年的“牛鬼”，我并不感到孤单。我还有勇气迈步走向我的最终目标——死亡，我的遗物将献给国家，我的骨灰将同她的骨灰搅拌在一起，撒在园中，给花树做肥料。

……闹钟响了。听见铃声，我疲倦地睁大眼睛，应当起床了。床头小柜上的闹钟是我从家里带来的。我按照冬季的作息时间：六点半起身。儿子帮忙我穿好衣服，扶我下床。他不知道前一夜我做了些什么梦，醒了多少次。

悼方之同志[1]

这次在北京出席第四次全国文代会，见到从南京来的朋友，听他们谈起方之同志的事情，据说江苏省代表团因为参加方之同志的追悼会，比我们迟一天到北京。

我在一九五七年反右运动开始前不久见过方之同志一面。他的面貌我现在怎样努力回忆也想不起来。我只记得他和陆文夫同志一起来找我，谈他们组织“探求者”的打算。当时我只读过方之的短篇小说《在泉边》和陆文夫的《小巷深处》，觉得还不错，认为他们是有希望的青年作者。他们想在创作上多下功夫，约几个志同道合的业余作者共同“探求”。他们说已找某某人谈过，得到那位同志的鼓励。我了解他们，三十年代我们也曾这样想过，这样做过。这两位年轻人在创作上似乎有所追求，有理想，也有抱负。我同情他们，但是我替他们担心，我觉得他们太单纯，因为我已经感觉到气候在变化，我劝他们不要搞“探求者”，不要办“同人杂志”，放弃他们“探求”的打算。我现在记不清楚他们当时是不是已经发表了“探求者”的宣言，或者这以后才公开了它。但有一点是可以确定的，他们没有听懂我的话，我也说

1　写于一九七九年十二月四日。

不清楚我的意思,他们当然不会照我的意思办。

过几天我便去北京出席第一届全国人民代表大会第四次会议。我一到北京,反右的斗争,就开始了,许多熟人都受到了批判。回到上海后,我听说"探求者"们都给戴上了"右派"的帽子。从此再也没有人向我提起方之的名字。陆文夫的名字后来倒在《文艺报》上出现过,先是受到表扬,说是他"摘帽"以后写了不少的好作品,后来又因此受到批判,说是他的表现并不好,总之,他还是给打下去了。一直到许多被活埋了多年的名字在报刊上重新出现的时候,我才有机会看到这两位"探求者"的大名。

方之先后发表了《阁楼上》和《内奸》两篇小说,受到读者们的重视。我读过前一篇,别人对我讲述了后一篇的内容。我听说有些刊物的编辑不敢发表他的作品,这说明二十一年的遭遇并没有扑灭他的心灵之火,他至今还在"探求",他始终不曾忘记作为作家他有什么样的责任。他的小说正如他一位朋友所说,是"一团火,一把剑"。现在需要这样的作品。我等待着他的更多的作品,却没有想到他把他最后的精力花在南京《青春》杂志的创刊上。他知道自己的生命力快要消耗尽了,他要把手里的火炬交给后面的年轻人,他要创办一个发表青年作者作品的刊物。他打电报来要我为《青春》创刊号写稿,我回了一封短信,说我生病写不出文章,请他原谅。这是我写给他的第一封信,也是最后的信。我今天才体会到这封信带给他多大的失望。但已经太迟了。

方之同志的身世我知道很少。全国解放那年他才十九岁。他在一九五六年发表短篇小说,也不过二十六岁,我也正是在这样的年纪开始写短篇。他的作品说明他很有才华。他的青春刚刚开放出美丽的花朵,就受到"反右扩大化"狂风的无情摧残。他的早死也是那二十年不幸遭遇的后果。受到这种残酷打击的并不只是方之同志一个,而是一